文春文庫

恋か隠居か

新・酔いどれ小籐次（二十六）

佐伯泰英

文藝春秋

目次

「新・酔いどれ小籐次」おもな登場人物

赤目小籐次《あかめことうじ》
元豊後森藩江戸下屋敷の厩番。主君・久留島通嘉が城中で大名四家に嘲笑されたことを知り、藩を辞して四藩の大名行列を襲い、御鑓先を奪い取る（御鑓拝借事件）。この事件を機に、〝酔いどれ小籐次〟として江戸中の人気者となる。来島水軍流の達人にして、無類の酒好き。研ぎ仕事を生業としている。

赤目駿太郎《しゅんたろう》
小籐次を襲った刺客・須藤平八郎の息子。須藤を斃した小籐次が養父となる。元服して「赤目駿太郎平次《ひらつぐ》」となる。

赤目りょう
小籐次の妻となった歌人。旗本水野監物家の奥女中を辞し、芽柳《めやなぎ》派を主宰する。須崎村の望外川荘に暮らす。一家の愛犬はクロスケとシロ。

久慈屋昌右衛門《くじやまさえもん》
芝口橋北詰に店を構える紙問屋久慈屋の八代目。妻は先代の娘おやえ。

観右衛門《かんえもん》
久慈屋の大番頭。

国三《くにぞう》
久慈屋の見習番頭。

空蔵《そらぞう》
読売屋の書き方兼なんでも屋。通称「ほら蔵」。

青山忠裕《ただやす》
丹波篠山藩主、譜代大名で老中。小籐次と協力関係にある。

おしん
青山忠裕配下の密偵。中田新八とともに小籐次と協力し合う。

子次郎《こじろう》
江戸を騒がせる有名な盗人・鼠小僧。小籐次一家と交流がつづく。

赤目薫子《かおるこ》
直参旗本三枝實貴《さねたか》の姫。目が不自由。實貴の不名誉な死によりお家取潰しとなり、赤目家の養女となる。

桃井春蔵《もものいしゅんぞう》
アサリ河岸の鏡心明智流道場の主。駿太郎が稽古に通う。

加古李兵衛正高《かこりへえまさたか》
三十間堀の東軍新当流道場の主。下女と逃げ出して借金をした嫡子の卜全正《ぼくぜんまさ》行《つら》のために道場を失う危機に陥る。

加古愛《あい》
李兵衛の孫娘で東軍新当流道場の跡継ぎ。

恋か隠居か

新・酔いどれ小籐次（二十六）

序章

文政十三年（一八三〇）八月。

この年、お蔭参りが大流行し、なんとわずか四月《よつき》で四百三十万人、白衣に菅笠、腰にひしゃくを差した老若男女が囃し立て歌いながら伊勢神宮に詣でた。

お蔭参りの発端は、実に他愛ない。

三月十九日、阿波徳島藩佐古町八丁目の手習所の子どもたちが、

「伊勢にお参りしたい」

と話し合い、翌日二、三十人で出立したのが始まりという。

そんな最中、豊後《ぶんご》国森《もり》藩の江戸藩邸で山鹿流兵学の指南方を長年務めた五十島《いがしま》悌之進《ていのしん》が仕官を辞して国許に戻り、隠居を為すというので、赤目《あかめ》小籐次《ことうじ》・駿太郎《しゅんたろう》父子は五十島や家臣たちと別杯を交わした。

その折り、小籐次が五十島へ陶淵明の有名な帰去来辞を餞別代わりに贈った。

「帰りなんいざ
田園将《まさ》に蕪《あ》れなんとす　なんぞ帰らざる
既に自ら心を以て形の役《えき》と為す
なんぞ惆悵《ちゅうちょう》として独り悲しむや」
と長編詩の最初の四句を朗々と謳いあげ、致仕した五十島を国許豊後へと送り出した。もっとも小籐次は帰去来辞の冒頭四句しか知らなかった。

第一章 細《ささ》やかな町道場

一

天保二年(一八三一)秋。

江戸・芝口新町の新兵衛《しんべえ》長屋。

この日、赤目小籐次と駿太郎父子は久しぶりに新兵衛長屋に泊まることにしていた。おりょうが主宰する和歌の芽柳《めやなぎ》派の大きな集いがあるというので、須崎村の望外川荘《ぼうがいせんそう》を留守にすることにしたのだ。今日も研《と》ぎ場を設《しつら》えていた芝口橋北詰の紙問屋久慈屋《くじや》でそう話すと、

「新兵衛長屋には久しく赤目様も駿太郎さんも泊まられておりますまい。失礼ながら年々小さくなられる赤目様はいいとして十八歳の駿太郎さんの身丈は六尺五

寸ございましょう。とても父子ふたりで寝るのは無理ですぞ」

と大番頭の観右衛門《かんえもん》にいわれ、小籐次は久慈屋の客間に泊まることになった。

一方、駿太郎は新兵衛長屋に独り寝ることにした。新兵衛長屋の堀端の庭で朝稽古をするためだった。

広大な敷地の望外川荘とは異なり、町中の新兵衛長屋の庭だ。飛んだり跳ねたり、気合を発したりはできない。それでも駿太郎は稽古を休む気にはならなかった。

未明に起きた駿太郎は、柿の実がたわわになった庭で来島水軍流《くるしますいぐん》の基を備前古一文字則宗《のりむね》、刃渡り二尺六寸余を使い、ひたすら繰り返した。

最後には、伊予《いよ》の灘、狂う潮《うしお》から啓示を得た「刹那《せつな》の剣一ノ太刀」を得心するまで演じた。

その頃になると新兵衛長屋の面々が起きて、厠《かわや》に行ったり井戸端で顔を洗ったりし始めた。顔に汗を掻《か》いた駿太郎に、

「おい、朝っぱらから精が出るな。もはや小うるさい差配の新兵衛さんはよ、あの世に旅立って四年余りが過ぎたぞ。駿太郎さんは、彼岸の新兵衛さんに稽古を見せようってか」

と長屋の住人の勝五郎《かつごろう》が言った。

小籐次が未だ借り受けている新兵衛長屋の隣人の勝五郎は、読売の版木職人だ。このところ腕力が弱ったか、

「版木によ、鑿《のみ》がすっきりと通らねえや」

と嘆いてばかりいる。小籐次に言わせれば、

「酒ばかり飲んで体を鍛えてないからこうなる」

とのことだ。

「勝五郎さん、新兵衛様が身罷《みまか》られて四年が過ぎましたか」

「おお、新兵衛さんが死んだとき、おめえさんは十四歳だったよ。四年が過ぎて十八歳になり、背丈は六尺四寸か五寸か」

「背丈は測ったことはありませんが、長屋では戸口に頭がつかえ、横になると壁に足がふれます」

「無理もねえ。新兵衛さんが身罷ったからといって九尺二間の広さは変わりないや」

というところに新兵衛の孫娘のお夕《ゆう》が顔を見せて、

「駿太郎さん、汗を掻いたんでしょ。おっ母さんが芝口町の湯屋に行ってきなさ

いって」

と手ぬぐいや湯銭に着替えまで差し出した。

「お夕姉ちゃん、有難い。汗まみれで久慈屋さんに行くのかと思い、うんざりしていました。そんなことをしたら母上から叱られますしね」

と苦笑いした。

「駿太郎さんよ、長屋の天井に髷《まげ》が付くおまえさんでもおっ母さんのおりょうさんは怖いか」

「もちろんです、母上は格別です」

「そうか、よし、おれも駿太郎さんといっしょに湯屋に行こうか」

勝五郎が言い出し、ならばと左官職人の久平も同調し、三人で芝口町の湯屋に行くことにした。

「あら、めずらしいわね。駿太郎さんがうちに顔出してくれるなんて。須崎村の大きなお屋敷に飽きて芝に戻ってきたの」

と番台に座るおかみさんが駿太郎の顔を見上げた。それほど駿太郎の背丈は高かった。

「いえ、昨日、久慈屋さんでの研ぎ仕事が目いっぱいあって、終わったのが六つ

(午後六時)近くになっていました。須崎村では母上の芽柳の集いもありますし、久慈屋さんでは本日も仕事が待っている。父上は久慈屋さんに、私は新兵衛長屋に泊まりました」

「おかみさんよ、朝っぱらから庭で刀を振り回されたんじゃ、目が覚めるよな。そんなわけで朝風呂だ」

と勝五郎が言い添えて、

「駿太郎さんが泊まったとなれば新兵衛長屋は安心ね」

「まあ、押し込みや泥棒は入るめえ。もっとも新兵衛長屋には盗《と》るものがねえや。家賃を払ったばかりでよ、長屋の住人総ざらえしたって一両あるかどうか」

と久平が苦笑いして湯銭を出した。

柘榴口《ざくろぐち》を潜《くぐ》ると朝湯になんと小籐次の白髪頭が浮かんでいた。

「父上、どうなされました」

「うむ、久慈屋さんは商家だ。なんでもすべてそろい、不足はないが朝湯はないな。駿太郎が新兵衛長屋に泊まったとなると、朝稽古を為して長屋の住人を早起きさせるでな、湯屋に来ると思ってな、こちらで待ち受けておった」

「昨晩は久慈屋さんでお酒をたくさん飲んだよな」

勝五郎が羨ましいという顔で尋ね、

「うむ、まあ、そこそこにな。おりょうに叱られない程度に頂戴した」

「駿太郎さんや、大酒飲みの親父さんだ、昔ほど飲めめえが未だ一斗やそこらは飲んでるな。久慈屋には四斗樽《しとだる》がいくつも蔵に転がっているしな」

とこんどは悔し気に言い添えた。

「一斗五升を飲んだのは昔の話だ。じゃが、勧め上手の大番頭さんが相手だ。主どのと三人で一升は飲んだかのう」

「酔いどれ小籐次が昌右衛門《まさえもん》の旦那と大番頭の観右衛門さんと三人で一升だと、それはあるまい」

と久平が言った。

「ご両人、昨夜頂戴した酒をうんぬんしても、もはやわしの痩せこけた五体には一滴も残っておらぬわ」

湯船に三人が入ると湯がこぼれていった。慌てた駿太郎が湯船からあがり、

「私、体を先に洗います」

と湯桶に湯を汲んで大きな体を洗い出した。小籐次が口を開いた。

「芝界隈には珍しきことがあるかな。須崎村には騒ぎがないでな」

「なに、酔いどれ様は騒ぎを探しておるのか。そうだな、盛りは過ぎたがよ、町内の子どもたちが親に黙って竹びしゃくを腰に突っ込んで東海道を上っておるくらいだ」

「おお、抜け参りか」

「駿太郎さんは伊勢に行ったことがあったかな。もはや抜け参りの歳ではないか」

「勝五郎さん、私が白装束に竹びしゃくでは目だちましょう。行ったことはございませんがこたびは遠慮します。なにしろ去年から大勢の人が伊勢に向かっておりますから」

と独り湯船の外で先に体を洗っている駿太郎が言った。

「そうよのう、駿太郎の体では抜け参りは似つかわしくないか」

と言った小籐次が、

「よし、わしの代わりに湯船に浸かれ」

と湯船から出ると新兵衛長屋のふたりも出た。

「おい、駿太郎さんや、望外川荘の風呂桶だがよ、その体で浸かれるか」

「勝五郎さん、ご存じありませんでしたか。何年か前にうちの風呂桶を大きくしました。私ひとりならばかようにのうのうと湯に浸かれますよ。その代わり湯を沸かす薪もたくさん要ります。私の日課は、剣術の稽古のあと、薪割りです」

「なに、望外川荘の湯船は湯屋の湯船ほど大きいか。物入りだな、酔いどれ様よ」

「勝五郎どの、いかにも物入りだ。で、この界隈からも子どもたちが抜け参りに出ておるか」

と話をもとへ戻した。

「おお、昨日もな、芝口新町の米屋越後屋《えちごや》の孫ふたりが抜け出たらしく、奉公人たちが六郷《ろくごう》河原に走っていったわ。だが、夕方まで探しても捕まらなかったとか。越後屋の旦那が、わしらによ、米助と次郎吉を連れ戻した者には一両を出すというていたが、だれも抜け参りを止めようなんて野郎はいねえよな」

久平が言い放ち、

「酔いどれ様よ、背中をおれに向けな、糠袋《ぬかぶくろ》でこすってやろう」

「おお、それは御親切に」

小籐次が背を向けて久平の糠袋をうけて、気持ちよさそうな半眼の顔を湯屋の天井に向けた。それを見た勝五郎が、

「越後屋の蔵には千両箱が積んであるというじゃないか。そんな風には見えない

がよ」

「勝五郎さんよ、分限者ほど地味な暮らしでな、吝嗇《けち》なんだよ」

と久平が言い切るのを聞くと、

「だよな。そうだとすると、須崎村の望外川荘にも千両箱が積んであるかよ」

と話の矛先を小籐次に向けた。

「うむ、わしの家に千両箱があるかと聞いておるか」

「おお、そうよ」

「駿太郎、そなた、幼い折りから千両箱を弄《もてあそ》んでおらなかったか」

「はい、父上、たしか十も二十もの千両箱がおもちゃでしたね」

と独りのうのうと湯船に浸かりながら応じたものだ。

「おれ、聞く相手を間違えたわ。須崎村に十も二十も千両箱があるとよ。それもおもちゃ代わりだと」

「おれたちの知り合いだと本物の千両箱があるのは、うちの長屋の家主さん、紙問屋の久慈屋かね」

「まあ、そんなところか」

勝五郎と久平が無責任なことを言い合った。

「わしは千両箱で腹を冷やすより糠袋で背中をこすってもらうほうが気持ちよいわ」

「やっぱり須崎村は、千両箱とは無縁だな」

朝湯を占領した新兵衛長屋の四人がらちもない話をしていると、柘榴口から姿を見せたのは難波橋《なにわばし》の秀次親分だった。

「おや、難波橋から芝口町の湯屋に遠出かえ」

と勝五郎が質《ただ》した。

それには答えず秀次親分がかかり湯を使い、

「おお、ご一統様、朝風呂は極楽だよな、千両が入った木箱で腹が冷えるかどうかは知らねえが、おりゃ、朝風呂がいいや」

と脱衣場で皆の話を聞いたらしくそういいながら駿太郎が浸かる湯船に、

「駿太郎さん、相湯させてくんな」

と入ってきた。

「親分さんも千両箱に縁がございませんか」

「駿太郎さんや、ねえな」

と応じた秀次が肩までつかり、

「極楽ごくらく」

と両眼を閉じて漏《も》らした。

「親分、湯じゃあるめえ。酔いどれ様に用事と見たが違うかね」

と勝五郎が言い出した。

「ふっふっふ。さすがは読売の版木職人だな、勘がいいや」

「あたったか」

「半分な、こたびは駿太郎さんの出番かね」

「厄介ごとだな」

と勝五郎がさらに質した。

出番と名指しされた駿太郎は無言で湯に浸かっていた。

「酔いどれ様よ、三十間堀の西岸に東軍新当流《とうぐんしんとう》の細《さき》やかな道場があるのを承知かえ」

「なに、三十間堀に東軍新当流道場だと。わしの知り合いにこの流儀を修行した者がおらなかったか」

と呟《つぶや》いたが思い浮かばなかった。

「父上、赤穂藩《あこう》の古田様がたしか東軍新当流の遣《つか》い手ではありませぬか」

「おお、さようさよう。迂闊《うかつ》にも忘れておったわ。そう古田どのがさようであったな」

と言いながら秀次親分を見た。

「酔いどれ様よ、間口七間に奥行き九間もあるかね。ただ今は年寄りの加古李兵衛正高《かこりへえまさたか》様が道場主でな、孫娘のお愛《あい》様が跡継ぎだ。李兵衛正高様には嫡子がいて嫁もいた。愛様の両親だ。十数年前、愛様が生れたばかりのころ、嫁女は加古家の貧乏に呆《あき》れて実家に戻り、倅《せがれ》も下女と道場を出て、正高様ひとりで幼い愛様を育てあげたのよ」

「感心な話ではないか」

「なかなかできねえな。いいか、酔いどれ様よ、ただ育てたのではないぞ。愛様が物心ついた折から東軍新当流の剣術もたたき込まれたのだ。ゆえに愛様は跡継ぎとしてこの道場を爺様と取り仕切っておられる」

「ほうほう、李兵衛正高様はなかなかの武道家にして人物じゃのう」

「おお、東軍新当流加古道場には、加古家の曰《いわ》くを知る土地の人がな、弟子として十人ほどおり、爺様と孫娘のふたりがなんとか暮らしてこられたと思ってくれ」

「おお、親分、そこまでは承知したな。なんぞ差し障りが生じたか」

「つい先日のことだ。三人の剣術家が加古道場を訪れ、一枚の証文を示した」

「うむ、ふたりしてどこぞから金子《きんす》を借りたか」

「そうではないわ。最前話した正高様の嫡子の卜全正行《ぼくぜんまさつら》様がよ、なんと美作国《みまさか》で、返せない場合は東軍新当流加古道場の沽券《こけん》を渡す、と書いた借用証文で二百九十両を借り受けたとか」

「十数年も前、加古家を飛び出した倅がな。さような証文は本物かどうかわかるまい。そもそも、正高様の嫡子を騙《かた》った話なのではないか。親分が関わったのならば、直ぐに町奉行所に届けを出せば、それで済もう」

「それがな」

と秀次親分が顔を顰《しか》めた。

「当代の李兵衛正高様が申されるには、実の倅の卜全正行の字に間違いないというのだ。つまりは跡継ぎの愛様の実父の行いというのだ」

うう一む、と唸《うな》ってみたが小籐次には全くどうしていいか考えが浮かばなかった。

「難波橋の親分どの、加古家は二百九十両もの大金を持ち合わせておるまいな」

「酔いどれ様、相手はこの金子に利がついて四百十五両二分というのだが、五両二分の持ち合わせもないそうな。まあ、加古道場の内情を承知のわっしらにはよく分かる話よ。いや、相手の言い分がではないぞ、加古家の懐《ふところ》具合が分かるというておるのです」

いよいよ、赤目小籐次には秀次親分がなぜ湯屋まできて相談を為すか、理解がつかなかった。

「相手がいくらさような証文を見せようとも、金子のない加古家ではどうにもできまいな。その辺りを親分が縷々《るる》説いてはどうか」

「酔いどれ様、かような輩《やから》は加古家の内情をとことん調べて乗り込んできておりますよ」

「なに、隠し金をお持ちか」

「最前も申しましたぜ。懐具合は寂しいってね」

「となるとどうなるのだ」

「へえ、相手はね、三十間堀の加古道場を売り払うか、道場の敷地と建物の沽券を渡せとの談判ですよ」

「厄介じゃな」

「へえ、厄介でございましてな」

小籐次と秀次は同じ言葉を繰り返した。

「なんとのう。親分に知恵はあるか」

「ございませんや。相手の三人組はね、『お互い剣術家である。ゆえに四百十五両二分の証文と加古道場の沽券を賭けて尋常勝負をなし、勝ったほうが利を得る。年寄りと孫娘のふたりゆえ、東軍新当流加古道場の門弟がひとりふたり加わってもよし』と申したそうな。つまり相手は李兵衛正高様と愛様の力量は、自分たち以下と承知なんでございますよ」

無言で話を聞いていた駿太郎が頷《うなず》いた。

「駿太郎、親分の用事とやらを察したようだな」

「はい」

「勝負は戦わずして決まっていないか」

「父上、ゆえに父上や私に東軍新当流道場を見張って、なんとか守って欲しいと、親分は申しておられるとは思いませぬか」

「駿太郎さんは察しがいいや」

と秀次が言い切った。

二

倅の加古卜全正行が三人組に書いて渡した借用証文と加古道場の沽券を賭けた真剣勝負の約定の日は近々というので、小籐次と駿太郎の父子はさらに数日芝口に滞在することになった。そこで主の昌右衛門自らが須崎村のおりょうのところへ、この旨を告げに行った。

かような経緯を読売屋の空蔵《そらぞう》がそれとなく書いたものだから、当日の道場には大勢の見物人が押しかける気配が窺えた。

これを知った小籐次が版木を彫った勝五郎に、

「おお、空蔵さんは考えたな、かように派手に書き立てられた三人組は、もはや三十間堀の道場に姿を見せまいな」

「そこですがね、酔いどれ様よ。空蔵の強《したた》かなところはよ、加古道場の跡継ぎの愛様が、女とはいえ武家の血筋、加古道場の威信をかけて三人組を待ち受けるなんて認《したた》めていたろう。おれは、道場の跡取り娘の悲壮な覚悟を知った三人組は必ず道場に姿を見せると思っているがね」

「わしはとてもさように読売屋を儲けさせる話にはなるまいと思うがな」

「まあ、見ていな」

と断言した。だが、三人組は約定の日には姿を見せなかった。

「見なされ、勝五郎さん。世慣れた三人組は空蔵どのの筆には惑わされることなく、江戸を離れたか、どこぞ別の道場に狙いを変えたかのう」

「明日の読売に空蔵が、三人組を煽《あお》る、新たな読み物を載せるとよ。となると、やつらとしても止めるわけにはいくまい。明日には来るな」

「そうかね」

と小籐次は首を捻《ひね》った。

ところがこの三人組、下谷山崎町の町道場に乗り込み、金子を賭けた道場破りを為すと看板を乱暴にも叩き割った。その折り、

「われら柳生新陰流《やぎゆうしんかげ》免許皆伝の夢想谷《むそうや》太郎兵衛《たろべえ》、次男の次郎助左衛門《じろすけざえもん》、三男の三左衛門《さんざえもん》の三人兄弟、勝負を約定した三十間堀の東軍新当流加古道場に参るゆえ、沽券を用意して待ち受けるよう、加古李兵衛と跡継ぎの愛とやらに告げよ」

と見物の衆や門弟に言い放ったとか。

柳生新陰流免許皆伝は真実《まこと》のことか、コケ威《おど》しか。

一方で三人兄弟の江戸での道場破りは段々と激しさを増していった。下谷山崎町の道場に始まった所業は江戸府内や品川、内藤新宿、板橋、千住など四宿《ししゅく》の町道場に次々に広がり、道場主や高弟との勝負に勝ちを得て金子を稼ぎ、その都度、

「三十間堀の東軍新当流加古道場、待っておれよ」

と加古道場がもはや道場運営など続けられない仕儀になると高言して立ち去る。今や空蔵の読売をはじめとして江戸じゅうの読売が夢想谷三兄弟の所業をあることないこと書き立てていた。

ふらりと人影が久慈屋の店先に立った。

芝口橋北詰の紙問屋久慈屋では、赤目小籐次と駿太郎父子が黙々と研ぎ仕事をしていた。そこへほら蔵との異名を持つ読売屋の空蔵が父子の前にしゃがみ込んだのだ。

「なんぞ用事かな」

「うーむ、それがな」

「どうした」

「わっしら、夢想谷なる兄弟の剣術家を煽り立てていると思うていたが、反対に三兄弟に操《あやつ》られているのではないかなと思うてな」

「どういうことだ」

「うーむ、それだ」

と小籐次の前にしゃがんだまま空蔵が口を閉ざした。

「空蔵さんや、われら父子、かように研ぎ仕事をしているのだがな、胸のなかに懸念があるのならさっさと申されぬか。仕事に差し支えるでな」

「うーむ、こたびの三十間堀の加古道場の話が出て以来、わっしはな、敢《あえ》てお前さん方、天下の酔いどれ小籐次と駿太郎父子の名は読売に登場させないできたな」

「おう、そなたがなにを策してのことか知らぬがわれら父子、加古道場と関わりがないでな」

「そこだ、赤目小籐次・駿太郎父子の名はこたびは読売で一言もふれておらぬ」

「剣術家のわれら父子、虚名で人気を得たようだが、もはや酔いどれ小籐次も赤目駿太郎も使い古された名でそなたの読売の呼びものにはなるまい」

と小籐次が言い切った。

その問答を久慈屋の帳場で大番頭の観右衛門が聞いて、なにか言い掛けた。すると、隣に座す久慈屋の若い主《あるじ》、八代目昌右衛門が目顔で制止した。

「幾たびもいうがな。おれはな、こたびのことにおふたりの名を登場させないできた。夢想谷三兄弟には赤日父子が関わっていることを知られないほうがいいと思うてきたんだ。だが、どうもそれはおれの勘違いではないかと思案したんだ、どう思うな、酔いどれ様よ」

「さあて、さようなことをわしに聞かれてもなんとも答えようがないわ。そなたの申すことが判然とせぬでな」

「芝口橋界隈でかように研ぎ仕事をなす赤目親子だぞ。一方、三兄弟は三十間堀の加古道場の沽券の話を忘れたかのように勝負を避けて、あちらこちらの町道場破りに徹しておるな。どういうことだ。やつらの狙いは、三十間堀の小さな町道場ではなかったのか」

「加古の馬鹿たれ倅の卜全正行が夢想谷兄弟に借りた三百両だか四百両だかが返せなければ、道場の沽券を差し出すと証文を書いたのだ、当然であろうな」

「それがあちらこちらの町道場破りを繰り返しておるのだ、なぜだ」

「わしが聞きたいわ」

小籐次の返答に空蔵が黙り込んだ。長い沈黙のあと、

「やはり江戸で名を得るには酔いどれ小籐次こと赤目小籐次と駿太郎の父子を斃《たお》

すことだよな」

と漏らすのを聞いて小籐次と駿太郎が空蔵を見た。

「今さらさような話があろうか」

「ああ、今さらではない。この江戸ではおまえさん方父子が登場しないと話にならないんだよ。おれの書く読売も結局ふたりの名なしでは売れないや」

「そう言われてもなんともな」

「あのな、あの夢想谷三兄弟は、三十間堀の加古道場におまえさん方父子がからむことを待っているんだよ」

と空蔵が言い切った。

「さようなことが」

「ある。間違いなくいえる」

と空蔵が敢然と言い放った。

「ふーん、わしらにどうしろというのだ、空蔵さんや」

「だからさ、芝口橋界隈は酔いどれ小籐次様と駿太郎さんの縄張り内、こたびの騒ぎ、いささか目に余るによって、仮のはなしだぜ、駿太郎さんが加古道場に入門して、夢想谷兄弟の到来を待ち受けるとかなんとかさ」

「はあっ、さようなことを考えたか」

と小籐次が言い、駿太郎は空蔵が本気かどうか確かめるように見た。

「いかぬか。どこの町道場も決して景気はよくないぜ。それをさ、夢想谷兄弟に道場破りを繰り返されては、加古道場への風当たりが強くなるよな。ここは人助けと考えてよ、ひと肌脱いでくれないか、駿太郎さんよ」

と願った。

「私が加古道場に入門すると申しても道場主の加古李兵衛様がお許しなされますまい」

「そこだ。勝手ながらおれがさ、李兵衛様に相談申し上げたのだ」

「さような大事をわれらの断わりもなしに願ったか。加古李兵衛様は立腹されたのではないか」

「それがな、酔いどれ様親子の助勢、なんとも有り難いと申されるのだ。ただし、この一件、愛様はご存じない」

うーむ、と小籐次が唸り、問答を聞いている久慈屋の主人と大番頭をちらりと見た。すると大番頭の観右衛門が、

「三十間堀は芝口橋とは目と鼻の先ですぞ、酔いどれ様、ここはひとつ、手助け

なさるのがようございましょう」

と言い出した。傍らで主の昌右衛門が苦笑いをした。

空蔵が駿太郎を見て、

「頼む、加古道場に入門してくんな」

と両手を合わせて願った。


翌日のことだ。

白田《しろた》大五郎《だいごろう》と名を変えた駿太郎は、東軍新当流加古道場で面頬《めんぽお》を着けたうえに頭に戦場往来の兜《かぶと》をかぶった異様な姿で一尺五寸以上も低い加古愛の指導を受けていた。むろん素顔など愛にも見えなかった。手には長い棒切れを握っていた。

「大五郎、そなた、不器用なの。手足がぎくしゃくして動きがなんとも酷いわ。そなたほどの上背なれば兜などつけなくてもこの愛の木刀は頭に届きません」

「は、はい。とは申されてもそれがし、剣術だろうが槍術だろうが相手から殴られたり突かれたりするのは怖うございまして、体が動きません」

「呆れました。ところでそなた、左利きなの右利きなの」

「さあ、どっちでございましょう」

　棒切れをだらりと垂らして右手に持った大五郎が首を傾げた。そんな新入りの弟子を見た愛が小柄な体を機敏に動かして胴を打った。力を加減しての攻めだった。

「ああー」

　と悲鳴を上げた大五郎が後ろさがりに逃げて、尻もちをつくように床に転んだ。

　そのお蔭で愛の木刀をなんとか避けることができた。

「白田家は西国の大名家の家臣よね、そなたに兄弟はいないの」

「は、はい。姉と妹が四人ほどおります」

「姉妹四人のなかにそなたひとりが男子というの。お父上のお役目はなに」

「た、たしか殿様の御番衆です」

「御番衆は武官よね、お父上は、剣術達者なのよね」

「藩の剣術師範を務めておられます」

「そなたは武官どののただひとりの男子、跡継ぎ」

「と、言われております」

「子どものころから父上の剣術指導は受けなかったの」

「物心ついたころから屋敷の庭にて指導を」

「受けたのね」

「いいえ、そのような折りは屋敷の外に逃げておりました」

愛がうんざりした顔で、

「まさか、四人の姉妹とままごととかお手玉とかして遊んでなんていないわよね」

「は、はい。遊んでいました」

「あ、呆れた」

と愛がもらし、木刀を突きつけると、

「立ち上がりなさい」

と命じた。

「まさか稽古を続けるのではないでしょうね」

「そなた、なんのためにうちに入門したの」

「国許から江戸藩邸に移るように命じられて、殿様の御近習衆に」

「えっ、そなたがお父上の跡継ぎとして御近習衆を命じられたの」

「ええ、それで父上が三十間堀の東軍新当流加古道場は、江戸でもっとも弱い剣術道場ゆえ、おまえでも修行ができようと申されて」

「うちに入門したというの。加古道場も舐められたものね。爺上、かようなことを承知で入門を許されたのですか。それとも知らずに弟子に取られましたか」

愛が祖父の李兵衛を睨《にら》んだ。

「ううーん、なんとも厄介な新弟子よのう」

「西国の大名家は武芸が出来なければ跡継ぎなど無理にございましょう。物心ついた折りから四人の姉妹とままごと遊びをしていたこの者をどうしようというのです。形《なり》がひと一倍大きいだけに腹がたちます」

と加古愛が言い放ち、

「大五郎、そなた、いくつです」

と厳しい顔で問うた。

「十八歳です。愛様はおいくつです」

と大五郎が愛に歳を尋ねた。

「私の歳などどうでもよいの」

と怒声を発した愛はいつからか、数人の門弟に混じり道場の片隅に一人《いちにん》の剣術家と思しき人物が座して、苦々しい表情でふたりの問答を聞いていることに気がついた。どこかで見た顔だと思ったが、

「そなた、この者の知り合いか縁者か」

と質した。

「面白き問いじゃのう。だが、その呆れ果てた大男《でいだらぼっち》とは縁者ではないわ。それがし、以前、当道場に邪魔をして用件は伝えてある」

「入門志願ではないのね」

「入門ではないわ。われら、そのほうの父親加古卜全正行に何百両もの貸しがあってな、当道場の沽券を頂戴しに参った者だ」

と愛を見た訪問者が言い放った。

「ああー、夢想谷なにがし」

「覚えておったか。本日はこの夢想谷三左衛門が沽券を受け取りに参った。早々に差し出されよ」

との言葉に愛が道場主にして祖父の加古李兵衛を見た。

「本日はおひとりかな」

と祖父が糺《ただ》した。

「おお、兄者ふたりはそのうちに姿を見せよう。その前に事が済めば、兄者らに厄介もかけずにすむわ」

と三左衛門が視線を移して初めて傍らに座していた白田大五郎を見た。

「どなた様か存ぜぬが、それがしは白田大五郎と申します。加古愛様と剣術修行の最中でござってな、そなた様の用件はそれがしの稽古のあとにしてもらえぬか」

と大五郎が平然とした声音で願った。

「その形で剣術修行とはお笑いぐさかな。白田とやら、当道場での茶番はこれにて幕切り、さっさと出て行かれよ」

「どういうことかな、それがし、加古愛様のご指導いたく気にいりましてな。加古道場に入門を決めました。愛師匠、加古道場の入門料や月々の稽古代をお聞かせいただきたい」

と白田大五郎が真剣に願った。

「そ、そなた、わが道場の難儀の最中に厄介なことを申しでるでない。早々に道場を立ち去られたほうが、そなたのためですよ」

と愛が言い、夢想谷三左衛門に視線を移そうとしたとき、土足のまま三左衛門の長兄の夢想谷太郎兵衛と次兄の次郎助左衛門がずかずかと道場に立ち入ってきた。

「ううっ」

と愛が呻《うめ》き、どうしたものかという態《てい》で道場主の加古李兵衛を見た。

「ご両人、こちらは剣道場でござる。土足で立ち入るなど許されぬ。ふたりして表にて履物を脱ぎ、式台の傍らにあった雑巾にて、道場の床を拭って清められよ」

と命じたのは兜を被った白田大五郎だ。

次男の次郎助左衛門が、じろりと白田を凝視し、

「そのほうの茶番、曰くあってのことか」

と糺した。

三

「おお、そのことですかな。ございます」

と白田大五郎が兜と面頰を取って素顔を晒《さら》し、よろよろと立ち上がった。

愛がその顔を見て、

「おや」

となんとなく白田大五郎の素性を察した表情を見せた。

「若造、なんぞ企みがあっての所業じゃな」

夢想谷次郎助左衛門が念押しした。

「お分かりかな」

「曰くを申せ。その次第によっては加古道場がわれら兄弟のものになる祝いの膳にそなたの馬鹿面を添えることになる」

「えっ、それがし、十八歳の若さで身罷りますか。それは困る。加古愛様のご指導を受けねばならぬ身でござる。そうだな、剣術修行はまず十年と申すで、その頃にそなたら加古道場に改めてお出でなされ」

「ふざけたことを抜かしおるか、許せぬ」

三男の三左衛門が刀を外し道場の壁にかかっていた木刀を一本摑《つか》むと、片手で白田大五郎こと赤目駿太郎に突き出した。

長い棒切れを手にしていた大五郎も一応構えた。

「白田大五郎とは偽名か」

「とお尋ねですか。はい、それがし、加古道場に入門するに際して白田大五郎なる偽名を名乗りました。それにしても馬鹿げた話を持ち込む輩がいるとこの界隈の噂に聞いたのですが驚きました。かような話は江戸で通じませぬぞ」

白田大五郎が話柄《わへい》を変えた。

「おお、江戸府内から四宿にかけての数多《あまた》の道場がわれら三兄弟の力技に廃業に立ち至ったわ。そのほう聞いておらぬか」

「ほうほう、柳生新陰流を名乗られる愚か者の剣術家がいると聞いてはいましたが、そなたらですか。呆れました。それがしの茶番とおっつかっつの所業ですな」

「抜かしおったな、そのほう、もはや許せぬ」

と叫んだ三左衛門が木刀を構えた。

「待て、待ちなされ、ご両人」

と言いながら加古道場の当主の加古李兵衛正高が、

「ちとお尋ねしたい。うちの道場は見てのとおり御城近くにはござるが、敷地はかように狭うござる。当然、道場もご覧のとおり六十畳あるかなしか。そなたら承知のように江戸には格式高き、立派な道場が数多ござろう。なぜわが東軍新当流加古道場に拘《こだわ》られますかな」

と糺した。

「よう訊いた、加古李兵衛」

と次男の次郎助左衛門が応じて、

「われら三兄弟、なにを隠そう美作の出、幼少よりの剣術は柳生新陰流に非《あら》ず、東軍新当流であってな、江戸にて代々伝わる東軍新当流は三十間堀の当道場が一番古い、ゆえに格式があるとそのほうの倅卜全正行から聞いておる。そこで江戸で高名な易者にみてもらったところ、この道場でわれら三兄弟が旗揚げをなすと、柳生新陰流夢想谷道場は数年うちに江戸でも指折りの道場に成るというで、このぼろ道場に拘った次第である」

と言い放った。

「呆れたわ」

と応じたのは加古愛だ。

「剣術道場は商いではありません。さような屁理屈、聞き入れられませぬ。さっさと在所にお帰りなされ」

と啖呵《たんか》を切った。

「われらがこの道場の主になるか、はたまた在所に戻るか。沽券をかけて勝負を為すことになるぞ、よいな」

と三左衛門が言い放ち、改めて木刀を愛に向けた。

「ちとお待ちくだされ。最前からそれがし、剣術家加古愛様に入門を願っておるのは、そなたたち承知ですな。愛様の前にそれがしが立ち合おう」

「うどの大木、未だおったか。大男総身に知恵が廻りかねと申すが、そのほう血反吐《ちへど》をはいて道場にて身罷りたいか」

「剣術は相手があってのこと、立ち合うてみねば、どちらが血反吐をはくか分かりませんぞ」

と白田大五郎が棒切れを構え直した。

「抜かしおったな。三左衛門、こやつを先に叩きのめせ」

と次男の次郎助左衛門が命じた。

「次兄者《あにじゃ》、承知仕《つかまつ》った」

と兄弟ふたりが言い合ったとき、道場主の加古李兵衛正高が、

「そのほうら、この若武者の名を聞いたのちも勝負を為す気ありやなしや」

と問答に加わった。

「なに、こやつ、でいだらぼっちの本名とな、申してみよ」

との次郎助左衛門の問いに加古愛が、

「爺上、酔いどれ小籐次様の子息、駿太郎様をご存じでしたか」

と言い出した。

「おお、それがし、酔いどれ小籐次こと赤目小籐次様と子息の駿太郎様が芝口橋の紙問屋久慈屋の店先で研ぎ仕事をなさることを前々から承知であったが、言葉は交わしたことがなかったわ。

こたびの厄介ごとがうちの道場に降りかかった折り、本来ならば剣術家を標榜するそれがしが立ち合うべきだが、愛も承知のとおりわしの剣術はもはや、この三馬鹿どもにも通じぬでな、読売屋の空蔵さんのお知恵にて駿太郎さんの力を借りることにしたのだ」

と経緯を説き、

「夢想谷三兄弟、酔いどれ小籐次様の子息赤目駿太郎どのがそなたらの相手だが、立ち合われるか。それともそなたらも酔いどれ様に頼られるか」

と李兵衛正高が言い放った。

夢想谷三兄弟は思わぬ展開に顔を見合わせた。それまで一切口を開かなかった長男太郎兵衛が、

「江戸に出て、酔いどれ小籐次の名はしばしば聞いたな。いずれはわれら三兄弟、

対決せざるを得ないと思うてきた。江戸で名を売った酔いどれ小籐次と倅の腕が確かか、われらのように諸国を遍歴し、数多の剣客と真剣勝負をしてきた三兄弟が勝ち残るか、勝負のときとは思わぬか」

「おお、兄者、いかにもさよう。この勝負をこの加古道場の沽券をかけての立ち合いと為すのも一興かな」

と次郎助左衛門が応じた。

「相分かった。それがしが一番手で赤目駿太郎とやら、この大男《でいだらぼっち》と勝負を致そうか」

と三左衛門が駿太郎を見た。

「ちとお願いがござる」

「なんだ、若造」

「剣術家とて命はひとつ、どうでしょうね、木刀勝負では生死をかけた勝負になりませぬか。勝ち負けを決めるのならば竹刀勝負で十分でございましょう」

「江戸の剣術家は命を賭けた勝負を恐れて竹刀で立ち合うというか。竹刀は子どもや初心者の稽古のための道具に過ぎん。そのほうそれでも剣術家か、呆れたわ。それがし、竹刀や木刀ではなく真剣での勝負を所望じゃ」

と叫んだ三左衛門が己の刀をとりにいった。

「そなたら、駿太郎どのの佩刀《はいとう》の由来を承知か。将軍家斉《いえなり》様が赤目父子の来島水軍流をご覧になり、駿太郎に下された備前古一文字則宗の銘刀なるぞ」

と李兵衛正高がさらに言い放った。

「なに、この若造の刀は将軍家斉様から頂戴した一剣か、よし、三左衛門、なんとしても勝ちを得て、夢想谷兄弟の持ち物にしようか」

と言い出したのは次郎助左衛門だ。

「おお、承知した。刀は遣い手次第よ。備前古一文字則宗に箔《はく》をつけるのは、夢想谷三左衛門じゃぞ」

と三左衛門が黒塗の鞘《さや》が所どころ剝《は》げた打刀を腰に手挟《たばさ》みながら、

「若造、来たれ」

と叫んだ。

「困りましたね」

「その刀が十一代将軍家斉様から下賜された古一文字則宗というは虚言か」

「いえ、確かに公方《くぼう》様から頂戴致しましたが、そなた様がた相手に則宗は勿体《もったい》のうございます。それがし、やはり竹刀にてお相手致します」

「な、なに、夢想谷三左衛門尊氏《たかうじ》を愚弄《ぐろう》致すか」

「ほう、尊氏と申されますか。よい名ですね。それがしは赤目駿太郎平次《ひらつぐ》にございます」

「おのれ、あれこれと話を引き延ばしても、真剣勝負に変わりなし」

「そうでしたね、三左衛門尊氏様は真剣勝負をなさる。それがし、駿太郎平次は竹刀にて相手致す。このことよろしいですね」

「若造、刀と竹刀では勝負にならぬ」

「いえ、大丈夫でございます」

と駿太郎が応じて、次男の次郎助左衛門が、

「三左衛門、もはやこやつと問答してはならぬ。望みどおり斬《き》り殺してしまえ」

と命じた。

「相分った、次兄者」

と三左衛門が返事をした。

「加古愛様、竹刀をお借りしてようございますか」

と駿太郎が加古道場の後継者に願った。

無言で頷いた愛が壁にかけられた竹刀のなかでも一番長い四尺余のものを携え

てきて差し出した。

「新品同然ですね」

「うちでは四尺余の竹刀など使って稽古する者はおりません。お好きなようにお使いください」

　と言いながら駿太郎に渡した。

「それがしも四尺余の竹刀で稽古をしたことはありません。素振りをしたいところですが、相手様が待ちかねておられます」

「駿太郎さん、あの者とてそれなりの技量と推察しますが竹刀でよろしいので」

　と愛が険《けわ》しい顔で訊いた。

「うーむ、竹刀と真剣の勝負、これまで経験しましたかね。初めてとなると、師匠、どうすればよろしいでしょうかね」

「駿太郎さん、私、そなたから師匠と呼ばれる立場にはありません」

「えっ、それがし、すでにこちらの門弟とばかり思うておりました。ならば、しばしお待ちくだされ。夢想谷三左衛門尊氏どのと打合いを為した後、改めて師弟の契りを願います」

　と愛に願った駿太郎は三左衛門に向き直った。

「お待たせ申しました」

との駿太郎の言葉に三左衛門はなにも応じなかった。

愛と話をしている折り、長兄の太郎兵衛が末弟に何事か囁《ささや》いていた。おそらく問答をなして気を散らしてはならぬ、無言で勝負に徹しろとでも注意されたか。

三左衛門が厚みのある刀を抜き放った。

刃渡は二尺五寸か。

背丈は五尺五寸余であろう。手の長さも背丈に見合って長くはなかった。それにしては二尺五寸は長い、長かった。よほど技量に自信があるのか。

正眼の構えで駿太郎を睨み据えた。

駿太郎も四尺余の竹刀を正眼に置いた。

愛はその瞬間、戦いの場の雰囲気が変わったことを認めた。

もはや駿太郎も無益な話はしなかった。

相正眼の間合は切っ先と竹刀の先端で四尺余だった。

沈黙の睨み合いがしばし続いた。

三左衛門の眼差しはぎらぎらとして、いつ弾《はじ》けてもいいような凝視だった。

それに対して駿太郎のそれは永久を感じさせる静かなる視線だ。

どれほどの時が流れたか。

三左衛門が刃渡二尺五寸余の豪刀をゆっくりと立て、額に峰を寄せて止めた。

駿太郎は相変わらず正眼の構えで竹刀を持ち、動きを見せる様子はなかった。

三左衛門がいつ仕掛けるか、先《せん》の先《せん》だと愛は思った。

いっぽう駿太郎は意思を対戦者に気取《けど》らせることなくひっそりと佇《たたず》んでいた。

かすかな息遣いを三左衛門は見せた。いつ踏み出して額にあてた刃を駿太郎に伸ばすか、見る者たちは銘々に考えた。

不動、と思えた駿太郎の正眼の竹刀の先が下がり、水平になって止まった。

その動きに釣られたか、降り積もった雪が山の頂から雪崩《なだ》れるように、三左衛門が踏み込むと同時に額の剣が躍った。

加古道場にいる見物衆は圧倒的な殺気に身を震わせた。

水平に構えた竹刀は動かなかった。

「ああー」

と悲鳴を上げる見物人もいた。

次の瞬間、不動の姿勢のままの四尺余の竹刀を静かな気が包み込んだ。

だが、竹刀は刃と絡み合うことなく、殺気を突き破って動いた。

ぎゃあー

悲鳴が道場を圧し、喉を突かれた三左衛門の体が遠く後方へと吹き飛んで床に背中から叩きつけられていた。

道場を沈黙が支配した。

駿太郎の竹刀がゆっくりと引かれた。

悶絶《もんぜつ》した三左衛門を見た駿太郎が、

「手加減しましたので死ぬことはありません」

とぽつりと言った。

残ったふたりの兄弟も壮絶な一撃に言葉を忘れていた。一瞬の勝負は初めて体験するもので、言葉もなかったのだ。

「弟よ、外には船問屋があろう。猪牙舟《ちょき》を呼んでこの河岸につけよ」

と太郎兵衛が次郎助左衛門に必死に平静を保った口調で命じた。

「船問屋はこちら岸の数軒先にあります。加古道場の関わりの者だと申せば、直ぐに猪牙を用立ててくれましょう」

と愛が兄弟に言った。すると長男が、

「この女子《おなご》がいう船問屋ではのうて、別の船問屋を探せ」

と行き先を知られたくないのか、そう言った。もはや愛も何も言わなかった。

「承知した」

と次男が表に出ていった。

太郎兵衛が駿太郎を見た。

「われら、酔いどれ小籐次なる老剣術家と倅を甘く見ておったようだ。とは申せ、本日の勝負は尋常勝負、弟の三左衛門の敗北だ」

といったん言葉を切った。

「赤目駿太郎とやら、十八歳にしては口先勝負をようも覚えたと褒《ほ》めておこう。本日は大人しく引き上げる。だが、酔いどれ小籐次と駿太郎父子との勝負がこれで終わったわけではない、始まったばかりよ。そのほうに宣告しておこう、必ずや新たな勝負を挑むとな。その折り、口先勝負は通じぬと思え」

「夢想谷太郎兵衛様、承りました」

と駿太郎が応じたとき、

「兄者、通りがかりの猪牙舟を雇った」

「よし、次郎助左衛門、弟を背に載せるで、後ろを向け」

と命じた長男が次男の背に末弟を背負わせた。

「騒がせたな」

と太郎兵衛が末弟の刀など持ち物を手にした。

「太郎兵衛どの、わが道場への執着、駿太郎さんとの勝負で失せたか」

と加古李兵衛正高が糺した。

「いや、この道場はそのほうの伜がわれらに借財を返せぬ折にわれらのものになっておる。しばらくの間、貸しておこう。いつなりと出ていかれよ」

との返答に、

「沽券をかけての立ち合いと申されたのはそちらではありませんか。赤目駿太郎どのとの勝負に敗れた時点でわが父の愚かな行いも消え申した。そなた方が向後も駿太郎どのを狙われるならば、私め、加古愛、どのような形であれ、駿太郎どのの助勢を致す。さよう心得よ」

と愛が言い放った。

四

騒ぎが鎮まった加古道場に駿太郎は残っていた。が、もはや夢想谷兄弟が戻ってくる様子がないと察したとき、道場の裏手に人の気配を感じとった。

道場の横手の戸を開くと、なんと江戸の真ん中に細やかな畑があり、茄子や青物が育てられていた。さらに十数羽の鶏が竹囲いをされた畑の外を、

「コッコッコ」

と鳴きながら餌を探し回っていた。

「父上」

と畑に佇む小籐次を見て、駿太郎が声をかけた。すると路地から読売屋の空蔵も入ってきた。

「酔いどれ様、よいところでしょう」

「驚きいった次第かな。三十間堀の傍らにある剣道場の敷地に畑が広がり、鶏が遊び回っておるわ、江戸の真ん中とは思えぬ。いささか狭いが心が温かくなる景色じゃぞ」

と小籐次がだれとはなしに呟いた。

すると駿太郎の傍らに加古愛が立ち、

「酔いどれ小籐次様、細やかな道場を支えておるのはこの畑と鶏たちです。野菜は祖父と私の食いものであり、卵は近くの八百屋に卸してなにがしかの実入りに

なっております。八百屋の主は道場の門弟のひとりです」

「ほう、江戸の真ん中でさような暮らしがあるか、なんとも贅沢な暮らしではないか」

「細やかな暮らしを贅沢と申されますか。噂に聞くところによると、酔いどれ様ご一家は須崎村に広々としたお屋敷をお持ちとか」

「おお、わしと駿太郎のふたり、この近くの裏長屋暮らしであったがな、どのような仕儀かすっかりと忘れてしもうたが、須崎村にご大層な屋敷を構えて暮らしておるわ。だがな、未ださような敷地と屋敷には慣れんでな、落ち着かぬこと甚《はなは》だしい」

との小籐次の言葉に愛が笑った。

「駿太郎さんも落ち着きませぬか」

「父ほどではありませんが、借り着を羽織っておるようですね。母上がいなければ望外川荘よりこの近くの新兵衛長屋のほうが落ち着きましょう」

駿太郎が正直な気持ちを伝えると、愛がからからと笑った。

それを見た小籐次が、

「空蔵さんや、最前の話はなしじゃな。お節介をするものではないな」

と言い出し、

「いけませんかね。読売に書くと門弟が十人どころか、五十人、いや百人は集まりますぜ。なにしろ愛らしい加古愛様が師匠だ」

と空蔵が未練ありげに食い下がった。

「いや、ならぬ。道場の傍らに畑があって鶏が餌を求めて歩き回る暮らしこそ贅沢ではないか。そなたの筆先ならば、五十人百人の門弟を集めるのは容易《たやす》かろう。だが、東軍新当流加古道場はこれでよいのだ。差し出がましい真似はするな」

「父上、空蔵さんの読売に愛様の道場を載せてもらおうと考えられましたか」

「年甲斐もなく危うく空蔵さんの口車に乗るところであったわ。見てみよ、お城近くの三十間堀の傍らにある加古道場は、これ以上の暮らしがあろうか。のう、愛様や」

と小籐次が愛に話しかけた。

ふっふっふ、と微笑んだ愛が、

「酔いどれ様はよううちの暮らしを承知しておられます。かような暮らしが贅沢だと教えてくれたのは、私を生んだあと、早々に実家に戻られた母や、この道場を見捨てられた父の所業にございます。私と祖父は、この暮らしに満足しております」

と言い切り、いつの間にか道場から裏庭の細やかな畑に姿を見せていた李兵衛正高が大きく頷いた。

「空蔵さんや、分かったな。大勢の門弟衆に指導するのが実入りがよいと申す道場主は、それはそれでよかろう。だが、加古道場のこの贅沢な暮らしを生涯わからぬであろうな」

と小籐次が言い切った。

「酔いどれ様、私とて左うちわの暮らしが嫌いなわけではありませんぞ。ですがな、歳をとったせいでしょうか、酔いどれ様が申されるようにこれ以上の暮らしはないと思うようになりました。ところが愛は幼いころからこの細やかな道場暮らしに満足しておるのです」

「よいよい、なんともよい」

と小籐次が言い添え、

「駿太郎、時にこちらの道場で稽古をさせてもらわぬか」

「父上、それがし、すでに加古愛様の門弟に志願してございます」

「おお、そうか。久慈屋からも近いでな、時折り、駿太郎は加古道場で稽古をさせてもらえ」

との小籐次の言葉に、

「待った、酔いどれ様よ。加古道場の名を出さぬによって、駿太郎さんが三十間堀端のある道場に入門したと読売に書いてよいな」

「ならぬ」

と言下に拒まれた空蔵が、

「あれもダメ、これもダメか」

と頭を抱えた。

「師匠、どうです。弟子のそれがしに稽古をつけてもらえませぬか」

と駿太郎が願った。

「まるで師弟が逆さまだわ」

「それがしは江戸のまんなかに道場など持っていません。久慈屋さんの店先で研ぎ仕事をして、その合間にこちらで稽古をさせてください」

そんなわけで妙な師弟が誕生した。

赤目小籐次と駿太郎父子が加古道場につながりを持つことで、もはや夢想谷兄弟のような輩は道場に姿を見せぬと考えてのことだと、道場主加古李兵衛正高も跡継ぎの愛も、その厚意に感謝した。だが、口にすることはなかった。

この日、愛と駿太郎は竹刀を構え合って稽古を為した。むろん愛の技量と体力は駿太郎のそれには比べようもなかったが、駿太郎にとって東軍新当流との稽古は初めての経験で楽しく打合いが出来た。

稽古は四半刻（三十分）だったが、両人ともに満足して竹刀を引いた。

道場を出る前、小籐次が李兵衛に、

「この次は須崎村にお出でになりませぬか。久慈屋の帰りに立ち寄りますで、いっしょに研ぎ舟に乗って望外川荘にてお泊まりなされ。次の日、われらといっしょに三十間堀に戻ってくればよい」

と誘った。すると李兵衛よりも愛が興奮して、

「駿太郎様の母上様とお会いできるのですね」

「女子は母上だけではございません。姉の薫子《かおるこ》もおります」

「えっ、駿太郎様に姉上がおられますか」

「薫子姉は、大身旗本のお姫様でしたが、目が不じゆうです。曰くがあって須崎村の望外川荘に暮らすことになり、わが身内のひとりになりました」

「楽しみです。ぜひお邪魔させてください」

と両親との縁が薄い愛が願った。

三十間堀の船着場から日本橋川に向かいながら、胴ノ間に座した小籐次に、

「父上、百の道場があれば気風も百とおりあるのですね。加古道場はなかなか気分のよい剣道場です」

「おお、もはや戦国の世の剣術修行とは違うわ。日々の暮らしに疲れた頭を和らげる剣術の稽古があってもよかろう。なにも斬り合いに強くなるための剣術は終わったとはいわぬが、加古道場のように若い娘さんが教える道場があってもよいな」

「はい、私もそう思います」

と研ぎ舟の櫓《ろ》を漕ぎながら駿太郎が答えていた。

望外川荘の船着場がある湧水池に舟が入ってきたと分かった飼い犬のクロスケとシロが喜びを全身で表しながら岸辺を舟に寄り添って走り回った。

小籐次と駿太郎の男ふたりが須崎村をしばらく留守にしていたのだ。その吠え声を聞きつけたおりょうが目の見えない薫子の手を引いて船着場に姿を見せた。

「母上、薫子姉上、芽柳の集いは無事に終わりましたか」

と駿太郎が、このひと月あまり、この集いのために仕度をしてきたおりょうに

質した。

「皆さん、満足してお帰りでしたよ」

「それはよかった」

「芝口橋のほうはどうでした。昌右衛門様が見えて、あれこれとお話ししていかれましたよ」

「明日にも八代目にお礼を述べねばならぬな」

と小籐次が応じて、

「おりょう、茄子じゃ」

と加古家の裏庭の畑で穫れた茄子を差し出して見せた。

「おや、頂きものですか」

望外川荘にも畑があり、あれこれと野菜は育てていた。望外川荘の前の持ち主のときから納屋に住み込んでいる男衆《おとこし》の百助《ももすけ》と、元祖鼠小僧《ねずみこぞう》の子次郎《こじろう》が畑を管理していた。手慣れた作業で百姓衆同然の作物を育てた。ゆえに望外川荘では格別なものでないかぎり購《あがな》うことはなかった。それが親子は芝界隈で育てた茄子を須崎村に携えてきたのだ。

「三十間堀端の小さな道場の狭い裏庭で作られた茄子でな、江戸の真ん中でなった茄子は珍しかろうと娘御の愛様に頂戴したのだ。われら、よい道場主と跡継ぎの孫娘と知り合うたわ」

と小籐次が言ったとき、舟は船着場に横付けされた。すると二匹の飼い犬が舟に飛び込んでひと騒ぎした。いつもの光景だ。

「中田様とおしんさんがお見えですよ」

「うーむ、おふたりは泊まる心算《つもり》かな」

「はい、舟は帰されました。明日は久慈屋行の蛙丸《かわずまる》に同乗する心づもりです」

「おお、久しぶりかな」

船着場からクロスケとシロに先導されて竹林を抜け、泉水に突き出した茶室のかたわらから望外川荘の広々とした庭に出た。すると丹波篠山《たんばささやま》の藩主にして老中青山忠裕《あおやまただやす》の密偵のおしんと中田新八《しんぱち》が望外川荘の縁側に座っていた。

「お帰りなされ、私ども最前よりお邪魔しています」

とおしんが言い、

「お風呂を主様より先に頂戴しましたぞ」

と新八が言い添えた。その口調からは老中青山の御用なのかどうか、小籐次は察しがつかなかった。

ともあれ主の小籐次と倅の駿太郎が湯に浸かって一日の汗を流し、囲炉裏のある板の間に入るとすでに酒の仕度ができていた。

「駿太郎、衣服が須崎村を出た折りのものと違っていますね」

「はい、母上。お麻《あさ》さんとお夕姉ちゃんの心遣いです」

「そなたひとり新兵衛長屋に泊まりましたか」

「父上は久慈屋さん、私は新兵衛長屋と別々でした」

と報告した駿太郎が、

「母上、最前の茄子を育てた東軍新当流剣道場の跡継ぎの加古愛様が母上や姉上にお会いしたいそうです。愛様はあれこれと事情があって、祖父の加古李兵衛様おひとりに育てられたのです。剣術も教えておられますよ」

「ご両親とお暮らしになったことはないのですか」

「はい。その経緯を知りたければ愛様が泊まりがけでこの屋敷に来た折りにお聞きください。母上にもうひとり娘が、それがしに姉上が出来ることになるかもしれませんよ」

「そなたの話を聞いただけで愛様に会いたくなりました」

燗酒がひとめぐりしたころ、

「おしんさんや、今宵は御用話はなしかな」

と小籐次のほうから問うた。

「あら、お酒まで頂戴しているというのに野暮用を持ち出すのは恐縮でございます」

「おしんさん、りょうはおふたりの野暮用が大好きです。聞かせてください」

とおりょうが催促した。

おしんがちらりと新八を見て、話し出した。

「久慈屋の店先で研ぎ仕事をされるお二方はすでにご存じかと思います。読売でも書き立てられていますが、このところ江戸では柳生新陰流を名乗る夢想谷三兄弟なる剣術家が町道場を荒らし回っておりまして、殿からこの件、酔いどれ小籐次様に相談してみよ、久慈屋ではなく望外川荘を訪れて話を聞け、と命じられました」

「ご存じでしょうか、夢想谷三兄弟の名を」

と新八が親子に質した。

小籐次が駿太郎をちらりと見て、

「なんとなんと」

と漏らした。

「どうなされました、酔いどれ様」

「うむ、差し当たって三兄弟ではのうて二兄弟かのう」

と前置きした小籐次が茄子を頂戴してきた加古道場で駿太郎が末弟の夢想谷三左衛門と立ち合った経緯と結果を告げた。

「なんとわが主の懸念をすでに駿太郎どのが取りのぞいておりましたか。江戸の町道場に成り代わり感謝申し上げます、駿太郎どの」

と新八が軽く頭まで下げた。

「駿太郎さん、末弟の技量はどうでした」

「おしんさん、末弟はこの若造を軽く見たようで、それが結果に現れたようです。ですが、夢想谷兄弟は、長男と次男が健在です。ご両人ともに東軍新当流の技量はなかなかと推察しました。別れ際に長男の太郎兵衛様が、後日かならず立ち合うと宣告して引き上げられました」

「おお、それは剣術家としての宣告じゃ。必ずやわれらの前に立ち塞がろう」

と小籐次が言い切ると、

「おしんさんや、われらの御用、要らなかったな」

と新八が言った。

「長男と次男の両人で道場破りを繰り返しましょうか」

「末弟の喉元の怪我もあるわ。あの突き傷が治るのに数月かかろう。またこれまで道場破りでそれなりに稼ぎをしておる。直ぐに費《つい》えのために道場破りをするとは思えぬ」

と小籐次が述べた。

「私も父上と同じ考えです。三左衛門様の喉は加減をしての突きです。それでも医師の治療が要りましょう。さらに剣術家として万全に戻るのは二月《ふたつき》では無理かな、三月《みつき》と見ました。おそらく江戸を離れて、箱根とか熱海とか湯治場で巻き返しを期すのではないでしょうか」

と駿太郎もいい、

「となると夢想谷三兄弟がふたたび酔いどれ様と駿太郎さんの前に現れるのは、年の瀬か来春初めですか」

とのおしんの問いに父子が首肯《しゅこう》した。

しばし囲炉裏端を沈黙が支配した。

「駿太郎さん、大丈夫ですか」

赤目家の身内に加わった薫子が案じ声で問うた。

「姉上、剣術家同士の立ち合いです。次は大丈夫ですと容易く請け合えません。でも、案じなくともようございます。それがしの父は、天下の酔いどれ小籐次ですからね」

「おお、そうでしたね。私の新しい父上は赤目小籐次、弟は駿太郎、両人に敵《かな》う剣術家は江戸にはおりませんよね」

と眼の不じゆうな薫子が言い、

「薫子、これがわが家の暮らしです」

とおりょうが言い切った。

初冬を思わせる筑波下ろしが望外川荘に吹き付けていたが、囲炉裏端は平穏な暮らしの空気が戻っていた。

第二章　もうひとりの娘

一

　この朝、赤目駿太郎はアサリ河岸の鏡心明智流《きょうしんめいち》桃井《もものい》道場で稽古をなし、三十間堀の東軍新当流加古道場を堀越しに見て、芝口橋の紙問屋久慈屋に駆けつけた。すでに研ぎ仕事をなしている小籐次の傍らに座す前に、老舗の帳場に陣取る久慈屋八代目の昌右衛門と大番頭の観右衛門に視線を向けて会釈をした。

「本日はアサリ河岸の桃井道場ですかな、それとも三十間堀の娘剣術家の加古道場で稽古ですかな」

　と大番頭が訊いた。

「今朝はアサリ河岸でございました」

夢想谷三兄弟との騒ぎがあった日からたっぷりひと月半は過ぎ、江戸は真冬を迎えていた。

「加古道場に何事もございますまいな」

「堀越しに道場を見ましたが門弟衆が出入りなさる様子、差しさわりはありますまい。こちらの研ぎ仕事を終えたのち、父上といっしょに蛙丸を加古道場によせて、道場主の加古李兵衛様と愛様のおふたりを望外川荘にお連れしようと思います」

「おお、それはようございました。加古道場もようやく落ち着かれましたか」

「はい、さように感じましたので父と母と相談し、今晩は望外川荘に泊まってもらい、明日には須崎村を見て頂きます」

「よいよい」

と大番頭が応じて、駿太郎が父親の隣に座した。

芝口橋界隈のお店《たな》や裏長屋の職人衆から研ぎを頼まれた道具が父親の傍らにあった。

芝口橋北詰の紙問屋の店先の研ぎ場は、酔いどれ小籐次と駿太郎父子の仕事場として知れ渡っていた。

駿太郎は金六町の魚屋、魚辰の一本の出刃包丁を手に刃を見詰めた。

金六町の小さな魚屋の主が身罷ったのは夏場のことだった。父親の下で修業をしていた金太郎が継いだが、一人前の魚屋としては経験が足りなかった。包丁などの研ぎ仕事は、小籐次親子に頼らざるをえなかった。

「どうだ、少しは道具の使い方に慣れたか」

と小籐次は金太郎が使う道具の具合を駿太郎に質した。

「以前よりは」

「よくなったか」

「とも言い切れません」

と曖昧に駿太郎は応じた。

「金太郎は親父さんがまさか不意に身罷るとは予想もしておらなかったからのう。すべてにおいて技が中途半端じゃな。どこぞで一、二年修業できればよいが、その日暮らしの小店だ、金太郎の下に弟妹がおったのう」

「はい、三人ほど。それにおっ母さんとお婆様の暮らしが金太郎さんの稼ぎにかかっております」

「ううーん、今さら修業など無理じゃのう」

と小籐次が呻き、

「まあ、これもさだめだ。金太郎が一人前の魚屋になれるかどうか、己との真剣勝負であろう」

と言い添えた。

駿太郎は硬い魚の、おそらく鯛あたりの頭の骨に強引に包丁を使ったと思しき痕《あと》を丁寧に研いだ。時間がかかる作業だった。するとふたりの前にしゃがんだ者がいた。読売屋の書き手にして売り方の空蔵だ。

しばし親子の仕事を眺めていた空蔵が、

「なんぞ面白い話はないか」

と言った。

小籐次も駿太郎も無言で仕事を続けていた。

「このところ読売の売れ行きが悪くてな、このままでは長年の商いを止めざるをえないのだ。一つふたつ、派手な騒ぎがあるとな、持ち直すのだがな」

と困惑の体《てい》でふたりに話しかけた。

小籐次が研ぎの手を止め顔を上げて空蔵を見た。

「かようなご時世ゆえ大勢の人々が伊勢に救いを求めてお蔭参りにいくのであろ

う。派手な騒ぎなんぞがあれば、そうよのう、そなたの耳に一番に飛び込んでこよう。研ぎ屋親子に願ってもあるわけはなかろう」

「そんな冷たいことを言いなさんな。おまえさんは天下の酔いどれ小籐次ではないか。騒ぎがなければ、おまえさんたち親子が生み出せばよかろう」

小籐次が口を開くまでにしばし間があった。なにか言い掛けた空蔵を制した小籐次が、

「言うに事欠いて騒ぎを生み出せとな。われら父子、しがない研ぎ屋であって、騒ぎ屋ではないぞ。なにをしろというのだ」

「あのさ、過日の道場破り三兄弟の末弟を駿太郎さんがやっつけたよな。その後、ひっそりしてやがるな。おれがさ、酔いどれ小籐次様が待ち受けていなさるとかなんとか今度こそ読売に書くからよ。あやつらを呼び出してさ、ほれ、芝口橋の上でな、末弟の仕返しを兄弟にさせるのはどうだ。駿太郎さん一人でいいやな、三兄弟の残りふたりと斬り合いをせぬか」

空蔵のめちゃくちゃな言い分に小籐次の呆れ顔が怒りに変わり、傍らに置いた備中次直《つぐなお》を無言で引き寄せた。

「ま、待て。おりゃ、おめえさんにこの空蔵を懲らしめよなんて、ひと言もいう

ておらんぞ。夢想谷兄弟と対決せえと願っておるのだ」

「黙らっしゃい。これまでそなたに付き合ってきたのは、道理を承知した読売屋と思うたからだ。われら親子をなんと騒ぎ屋と思うていたとは、信じられぬ。まずはそなたのそっ首を叩き落とす」

小籐次が赤目家の先祖が戦場から拾ってきたか、盗んできたかした逸剣の柄《つか》に手を掛けた。

「わあわあわあ。道理を承知ゆえ、情厚い酔いどれ小籐次に頼んでいるんじゃねえか」

しゃがんだまま飛び下がると這いずって久慈屋の前から逃げ出した。

しばし久慈屋の店の内外に沈黙が漂った。

「おお、お騒がせ申した。申し訳ございませぬ、八代目、大番頭どの」

とまず後ろを振り返った小籐次が久慈屋の両人に詫《わ》びた。

「いえね、ここんところ空蔵さんの読売の売れ行きが悪いのは承知しておりました。されどあのように世迷言《よまいごと》まで親しき間柄の酔いどれ様に持ち掛けるとは。私が考える以上に、売れないのかな」

「大番頭どの、わしも空蔵どのの立場がどうか知らぬわけではござらぬ。とは申せ」

「赤目様、それ以上申されますな。言うほうも聞かされるほうも、いささかわびしくなりますでな」

と昌右衛門が言い、

「本来なれば、騒ぎなどない世間のほうが平穏でようござろう。とは申せ、空蔵どのの商いは騒ぎが売り物、厄介でござるな」

と小籐次が応じた。

「ほんわりと和やかな話でもあればよいのでしょうが、このご時世、ざわついた話が売れ筋とか、呆れました」

と奥で聞いていたか、おやえが話に加わった。

「全くじゃのう。心穏やかになる話があればのう」

「赤目様、三十間堀の加古道場の爺様と孫娘の愛様が須崎村に参られるのでございましょう。その折りになんぞ話が出ませぬか」

「おや、おやえさんは加古家の爺様と愛様をご承知かな」

「私、愛様を小さい時分から承知です。私の三味線の師匠のところに五日に一度習いに見えていましてね、私とは歳が離れておりますから、話す機会はなかなかございませんが、幼い折りから台所仕事から洗濯までこなす賢い娘さんと、お師匠さんを通して聞かされております」

「ほう、あの愛どのにさようなことがござったか。それがし、娘がようも東軍新当流を修行してきたとばかり思うておったが、考えてみれば身内は李兵衛どのだけ、幼い愛どのも頑張ってこられたか」

と小籐次が感嘆した。

駿太郎も話を聞いて感心した。

夕七つ(午後四時)時分、駿太郎は研ぎ舟蛙丸を加古道場の前の河岸につけた。胴ノ間には久慈屋のおやえがくれた鍋にしてもいいようにしてある鯖の鱠《なます》や甘味などが載せられていた。

おやえは須崎村界隈では新鮮な海魚が手に入りにくいことを承知していた。ために久慈屋で研ぎ仕事を為す折り三度に一度はかように土産を持たせてくれた。

駿太郎が河岸に立つ棒杭に舫《もや》い綱を結わえて蛙丸を止め、段々を二段おきに飛び上って迎えに行った。

残った小籐次は胴ノ間を空けて、おやえがくれた品の数々が入れられた竹籠を艫《とも》に移し、自らは舳先《へさき》に座を移した。すると賑やかな声がして加古李兵衛と孫娘の愛が綿入れ半纏を着て風呂敷包みを手に提げて姿を見せた。

「爺上、愛が先に下ります、続いて段々をゆっくりと下りてください」

という声がして、ふたりが下りてきた。すると加古家の長閑《のどか》な庭で日向ぼっこしていた黒猫が主たちを見送りに出てきた。駿太郎は、

（そうか、加古家は猫好き）

と思った。舟に慣れぬ動作で両人が乗り込んだとき、門弟のひとりに留守を頼んでいた駿太郎が戻ってきて、

「父上、愛さんに気遣いをいただきました」

「ほう、どうしたな」

「手にした包みは鶏卵にございます」

「なに、売り物の卵をうちにか。おりょうが気にせぬか」

「はい、おふたりが留守の間は門弟衆が鶏卵を集めて卸し先の八百屋に持っていってくれるそうです」

「なに、さような手配りを為してきたか。われらが誘ったのに売り物の鶏卵まで土産にな。すまんな、李兵衛どの、愛さんや」

「酔いどれどの、愛とふたり暮らし、かように他人《ひと》様の家に招かれるなどまずあ

りませんでな、愛は何日も前から嬉しくて夜も眠れぬくらいでございましてな」

「落ち着かないのは爺上もいっしょですよ」

とふたりが言い合った。

駿太郎が舫い綱を解くと艫に軽やかに飛乗り、竹棹を使って三十間堀に出した。

「私、こんな舟に乗るのは初めて」

胴ノ間に座った愛が上気した眼差しを河岸道に向け、往来する人々を眺め上げた。

「愛さん、この舟は研ぎ舟蛙丸と称します。仕事舟であり、われらの足なんです」

と駿太郎がいうところへ、

「おお、加古道場の愛ちゃんじゃねえか。酔いどれ様親子といっしょだな、須崎村に招かれたか」

と仕事を終えた風の職人衆が愛に声をかけてきた。

「はい、浜吉さん、今晩は留守にしますが道場をよろしくお願い申します」

「あいよ、須崎村の望外川荘は江戸の町中と違い、のんびりしていると噂に聞いていらあ。楽しんできなせえ。道場は案じるな」

と見送ってくれた。

「大工の浜吉さんもうちの数少ない門弟さんです」

「加古道場の師弟の関わりはなんともよいな」

と小籐次がふたりに言い掛けて、

「浜吉さんや、ふたりの留守は頼んだぞ」

「おおさ、酔いどれ様、任せておきなって」

と浜吉が言い切った。

竹棹を櫓に代えた駿太郎が三十間堀からアサリ河岸を横目に楓川《もみじ》に入り、ゆったりとした舟足で進みながら、こんな舟に乗るのが初めてという愛に、

「右手が町奉行所の与力・同心衆の屋敷町の八丁堀ですよ」

とか、

「この先で日本橋川に出たら魚河岸が見えますからね」

とか説明していった。

「駿太郎さん、私の知る江戸の町と違って見えますよ。有り難う、こんな景色を見せてもらって」

「これを機会にそれがしが江戸の堀やら大川を案内します」

と若いふたりが言い合った。その傍らで、

「酔いどれ様や、愛をな、猪牙舟にすら乗せたことがないのを改めて思い出したわ」

「そりゃ、無理じゃぞ。駿太郎とふたり、わしらも新兵衛長屋で暮らしておるときは、同じようなものよ。おりょうと会ってなぜかご大層な暮らしに変わったな」

「天下の酔いどれ小籐次様もさような時節があったか。ともあれ、こたびの望外川荘への訪《おとな》いはわしらにとって、それこそ望外な出来事じゃぞ」

「人の出会いは予想もかけない景色を見せてくれる。われら、須崎村に住まいを得ても、芝口橋の裏長屋の日々を忘れたくなくてな、それで須崎村から通って仕事をしているのだ」

「その気持ちが酔いどれ小籐次の器の大きなところであろう。いや、それがし、馬鹿息子しか育てきれなかったが、孫娘には恵まれてかように酔いどれ様一家に招かれておる」

「同じ剣術家としての付き合いがこれから始まるわ」

　年寄り同士が話し合ううちに舟は日本橋川に出ていた。すると往来する渡し船や荷船や猪牙舟から、

「おーい、酔いどれ様よ、孫のような倅の櫓で舟遊びか」

「若い娘さんは何者だえ、駿太郎さんよ」

と次々に声がかかった。

「わしらはな、大切な知り合いを須崎村に招くところよ。渡し船の船頭衆よ、気をつけて船を船着場に寄せるのじゃぞ」

と小籐次も応じて、なんとも賑やかな舟行だ。

日本橋川が大川に合流する手前、左手の崩橋を潜ると急に静かになった。箱崎川の両岸は武家地のせいだ。

「驚いたわ、酔いどれ様父子は、江戸じゅうの人と知り合いなの。爺上、同じ剣術家といっても、雲泥の差だわ」

「愛、天下の酔いどれ小籐次様と駿太郎さん父子にわれら、比べようもなかろう。いや、われら一家だけではない。上様の御城に招かれるこちらの両人は別格よ。たしか駿太郎どのの腰の一剣は家斉様から拝領の備前古一文字則宗だったたな」

「舟の櫓を握っている船頭さんの腰にある大刀は上様から拝領の刀なのね」

「愛さん、どなたから頂戴しようと刀は刀です、刀は万が一のために腰にあるのが仕来りでしょう。違いますか、東軍新当流の師匠」

「真《まこと》に私、上様拝領の刀を差した赤目駿太郎さんの師匠なの、爺様、えらいお方と知り合いになったわね」

と言った愛が、

「酔いどれ様と駿太郎さんの歳の差は私と爺様とほぼいっしょよね。駿太郎さんは赤目小籐次様のお子なの」

と不意に思い付いたように問うた。

「愛さん、それがし、赤目小籐次とは血が繋がっておりませぬ」

「あら、養子」

「いささか説明が厄介ですね。それがしが誕生したばかりのころのことです。わが実父須藤平八郎が暮らしに困り、刺客として赤目小籐次と対決したそうです。その折り、父は赤目小籐次に『それがしが敗北して身罷った折りは、この幼い子駿太郎をそなたの下で育ててほしい』と願ったのです」

駿太郎の淡々とした言葉を聞かされた愛は、呆然自失した。

「ご免なさい。わ、私、そのようなことを知らず軽々しくも大変な問いを為してしまいました」

と詫びた。

「愛さん、それがしには実父の須藤平八郎と育ての親の赤目小籐次のふたりの剣術家の血が流れているのです。物心ついた折から聞かされてきましたから、なんでもありませんよ」

「愛、われらのように三十間堀の細やかな道場の暮らししか知らぬ剣術家もいれば、酔いどれ小籐次様と駿太郎さんのように尋常ではない生き方をされてきた剣術家もこの世におるということではないか」

「ということでしょうか」

駿太郎が応じて、いつの間にか舟は吾妻橋を潜ろうとしていた。

ゆったりと櫓を使っているようだが鍛え上げられた長身の若者が漕ぐ舟は、荷船や吉原に客を送る猪牙舟をあっさりと追いぬいていく。

李兵衛と愛は、大川の景色を楽しんでいた。

いつしか吉原の入口、山谷堀の今戸橋が見えるところに差し掛かっていた。

「愛さん、加古家には鶏が無数に飼われていましたね。猫とは仲良しですか」

「黒猫のミイはやっていいことと悪いことを心得ています。というより身内同士のように仲良しですよ」

「そうか、加古家は猫好きでしたね。須崎村の望外川荘にはクロスケとシロという名の犬二匹がいます。犬は怖くないですか。愛さん」

「猫と同じように犬も大好きです。でも、三十間堀の狭い敷地では犬は飼い切れません」

と愛が答えたとき、遠くから犬の吠え声が聞こえたようだった。

愛はきっとクロスケとシロの吠え声だと思った。

二

湧水池の岸辺を二匹の犬が吠えながら駿太郎の漕ぐ研ぎ舟蛙丸に従い、

「ああ、あの二匹が駿太郎さんの犬なのね」

「はい、クロスケとシロです。名前を呼んでごらんなさい」

との駿太郎の言葉に愛が二匹の犬の名を呼ぶと、大きく尻尾を振って船着場に先回りし、寄せてくる蛙丸の空いた床に飛び込んで、愛へとすり寄ってきた。

「なんて賢いの、愛の訪いを喜んでいるわ」

と愛が二匹を抱き寄せた。するとシロが愛の顔をぺろぺろと舐めた。

「これ、シロ、初めての娘さんの顔を舐めるでない」

駿太郎に叱られたシロがこんどは爺様の李兵衛に寄っていくと、

「おお、酔いどれ様のうちの犬はわしにまで愛嬌を振りまいておるぞ」

と喜んだ。

小籐次と駿太郎父子が望外川荘に戻ってきた折りのいつものように、二匹はひと騒ぎして蛙丸から船着場に飛び上った。

「加古愛様、よう須崎村に参られました。若い娘御の訪いは滅多にありません。クロスケもシロも大喜びしていますよ」

とおりょうが初めての訪問者の両人を迎えた。

愛が慌てて舟の胴ノ間に立ち上がろうとするのを駿太郎が制止し、

「蛙丸を舫いますからね、それまでしばらく坐して待ってください」

と願って船着場に寄せて繋ぎ止めた。

それを確かめたおりょうが船着場から手を差し出して愛を立ち上がらせ、手を取って船着場に上げた。

「よう、参られました。私が赤目りょう、駿太郎の母です」

「おりょう様、加古愛にございます」

と名乗る愛の体をりょうが抱き締めた。

「ああ」

と驚きながらも母親の温もりを知らぬ愛は、おりょうの両の腕と体にしばらく抱かれていた。

「母上、加古家から生みたての鶏卵を土産に頂戴しましたよ」

「なんと、さような気遣いをしてくれましたか。李兵衛様、ようも男ひとりの手で、その名のとおり愛らしい娘さんにお育てになられました。ようございますか、この須崎村にいるかぎり愛様は赤目りょうの娘です」

と言い切り、

「おお、なんということか。愛に母親ができたか」

と李兵衛が感動し、愛はおりょうに抱かれたまま瞼《まぶた》を潤ませた。

「母上、愛さんを歓迎するのはよろしいが姉上はどうなされました」

駿太郎が言うと、

「おお、私としたことがクロスケとシロが吠えるものですから、薫子を縁側に残して船着場に独り来てしまいました」

「よし、愛さん、姉上を紹介しますぞ」

と愛の手を引くと船着場から紅葉《もみじ》の大木の間を抜けて、望外川荘の前庭に愛を連れて行った。すると愛が広々とした庭と泉水に驚いたか、足を竦《すく》めて辺りを見回した。

「駿太郎さん、こちらが望外川荘ですか。思っていたよりずっと、広々としていますね。うちの何百倍もありそう」

と漏らし、茅葺《かやぶ》きの望外川荘の縁側に座る薫子を見た。

「赤目薫子、わが姉上です。そして愛さんの姉ですよ」

と言った。

「駿太郎さん、本日、愛に母上と姉上ができましたか。なんという日でございましょう」

と言いながら愛が駿太郎の手をほどき、縁側へと向かって歩いて行った。

「駿太郎さんよ、舟に荷が載っているな」

鼠小僧と異名をとる盗人《ぬすっと》でありながら、ただ今では望外川荘の屋根裏の駿太郎の部屋に居候を決め込んでいる子次郎が姿を見せて訊いた。

「はい、久慈屋さんからの頂戴物があれこれ載っていますよ。母上と年寄りふたりを手伝ってください」

と願った駿太郎は縁側で手を取り合ったふたりの「姉」たちを見た。そして、

ゆったりとした足取りでふたりに近付くと薫子が、

「こたびは私に妹が出来ましたか」

とうれしそうに駿太郎に言った。

「姉上、江戸の三十間堀というところに剣道場を祖父御と営んでおられます。それがしの剣術師匠です」

「なんと妹は剣術家ですか」

「はい。東軍新当流の遣い手です」

「薫子の妹も弟も剣術家ですか」

「頼りになりますね」

「薫子様、この次は三十間堀の細やかな道場にお出でください。こちらの長閑で広大な望外川荘とは違い、隣家の暮らしの物音やらにおいが感じられます」

「私は目が見えない分、音やにおいをよく感じます。楽しみです」

と言い合うところに、おりょうと小籐次、それに李兵衛の三人が姿を見せた。

「爺上、望外川荘には広い庭やら池までありますよ。うちの道場がいくつも入ります」

「なんとも豪壮な屋敷じゃな」

「はい、私たち、酔いどれ小籐次様とおりょう様ご夫婦の身内の端に加えて頂きました」

「われら、いつも道場の暮らしに汲々《きゅうきゅう》としておるが、須崎村に招かれて、なにやら心が豊かになったようじゃな」

と李兵衛が満足げに言った。

「ご一統様、湯が沸いておりますぞ。酔いどれ様、湯で江戸の垢を落とされませんかな」

と子次郎が言い、

「わっしが湯加減を見てきますからな」

と軽やかに望外川荘の裏庭へと走っていった。

「望外川荘は広いが、奉公人も多いようじゃな、酔いどれ様」

と李兵衛が関心を持った。

「子次郎を奉公人と呼んでいいのかのう。押しかけの身内でな、あの者、鼠小僧と称する盗人《ぬすっと》じゃ」

「はあっ」

と李兵衛が本気であろうかと小籐次を見た。

「ご安心あれ。この望外川荘に暮らすかぎり、押しかけ身内の子次郎に過ぎん。本業は致さぬでな」

と小籐次が言い切った。

「なんともはや、愛、望外川荘は並みのお屋敷ではないぞ」

「爺上、私など女剣術家を気取っておりましたが、江戸を騒がす鼠小僧さんまで身内ですと。驚きました」

「驚いたところで女衆《おんなし》から湯に入らぬか」

と小籐次がおりょうに話しかけた。

「いえ、女衆は長風呂です。男衆から先に入り、囲炉裏端でいっぱい先にやっておられませ」

おりょうに言われた小籐次が李兵衛を湯殿に案内して入ることになった。

「爺上、着替えは湯殿に届けます」

と愛の小さきときから祖父とふたりの暮らしを為してきたことを感じさせる言葉を、おりょうがにこにこと笑いながら聞いた。

大きな囲炉裏端の板の間に初めての訪問者、加古李兵衛と愛のふたりが加わり、十人近い男女が集って飲み食いする光景に、愛は驚き以外なかった。

「駿太郎さん、私、こんな賑やかな夕餉《ゆうげ》なんて初めてです」

「うちはいつもこんな感じかな」

と駿太郎が応じ、

「かようなことをお聞きするのは失礼とは存じますが聞いてよろしいかのう」

と李兵衛が遠慮気に言い出した。

「それがし、李兵衛様の問いが分かりましたよ。研ぎ屋を久慈屋さんの店先で営んで、かような暮らしができるのかということではありませんか」

「いかにもさよう、駿太郎さん」

「それなんです、私も常々訝《いぶか》しく思うております。どうしてかようにも大勢で夕餉が出来るかとお尋ねですよ、父上」

「おお、わしも不思議に思うてはおるが、金は天下の回りものと言わぬか」

と小籐次が言うと、盃を手にしていた鼠小僧こと子次郎が、

「うんうん」

と頷いた。

李兵衛の問いはなんとなくうやむやになった。李兵衛も、

（わしら父娘ふたりの考えを望外川荘の主ははるかに超えておるわ）

と得心せざるを得なかった。

賑やかな夕餉が終わり、愛はおりょうと薫子の間に床をとってもらい眠ることになった。最前から無言の愛に薫子が、

「妹よ、どうしました」

と尋ねた。

「は、はい。私、夢を見ているようで、信じられません」

「私も最初はそう思いましたよ」

と薫子が言った。

「それもこれも酔いどれ小籐次という御仁の不思議な力です。このことを公方様さえお認めになっておるのですから、もはや私どもも認めるしかございますまい。愛さん、ようございますか、この望外川荘には、公方様もお鷹狩の帰りにお忍びで訪ねてこられたこともありました」

とおりょうがいい、愛は言葉を失った。

翌朝、愛はどこからともなく聞こえてくる刀を抜き打つ音で目覚めたとき、すでにおりょうも薫子も起きていることに気付かされた。

（なんと私はふたりが起きたことに気付かなかった）

女剣術家を自任していた己の迂闊《うかつ》に驚いた。

（どうしたことであろう）

と思いながら雨戸を開けると、泉水に向かって駿太郎が技を繰り返していた。

東軍新当流の技では思いもつかないほど雄大にして力強く迅速な技だった。この若さでかような技が身についているのが、酔いどれ小籐次の跡継ぎか。

呆然自失していると、動きを止めた駿太郎が振り向き、

「愛さんを起こしてしまいましたか」

「いいえ、私だけが迂闊にも寝こんでおりました。最前からなんと恥ずかしいありさまかと恥じ入っております」

「いえ、それは違います。いつも己に課している剣術家の覚悟の証しですよ。愛さんは東軍新当流の跡継ぎとして気を張って生きてこられた。それがうちにきて、身内の間でほっと安堵したのです。剣術家といえども緊張してばかりでは、生きていけませんからね」

と愛より歳若い駿太郎が言い切った。

（剣術家として力量、経験、覚悟が違う）

と愛は素直に思った。

「駿太郎さん、最前から繰り返されていた技は来島水軍流の一手ですか」

「四年前のことです。父と関わりのある森藩主久留島《くるしま》家城下を訪ねたことがございます。その折り伊予の海を船で通りました。そこで狂う潮と呼ばれる潮目を見たのです。それがし、五体を狂う潮に揺さぶられて、愛さんがご覧になった剣技、『刹那の剣一ノ太刀』を授《さず》かりました」

「極秘の剣技を私は見たのですか」

「いえ、極秘でもなんでもありません。愛さんが試そうと思われるならばお教えしますよ」

と駿太郎があっさりと言った。

愛は、がつんと頭を殴られたほど、

(駿太郎の剣術は凡百の剣術家の剣をはるかに超えた技)

と悟らされた。

「いえ、愛が百年生きられたとしても無理です」

と愛は心の裡《うち》からそう言った。

「では、愛さんの東軍新当流の技を見せてください」

「すでに私の業前はご存じです」

「いえ、望外川荘で稽古をなすと日ごろの技とは違った剣術に変わりますよ」

駿太郎が言い切り、その言葉を聞いた愛が日ごろから馴染んだ小太刀を手に庭先に下り、腰に手挟んだ。

まず愛が感じたのは町中では感じたことのない冷気だった。

(いえ、霊気)

と呼んでいいな、と愛は思った。その霊気が愛の心身を解き放ち、

「ご覧ください」

と願うと望外川荘の自然に溶け込むように小太刀を揮《ふる》った。

(ああ、いつもと違う)

すぐに愛は身に刻み込んだ動きを繰り返していた。

(これが無心)

ということか。ただひたすら舞うように小太刀を振っていた。

どれほどの時が過ぎたか。

愛は動きを止め、天地に拝礼するように一礼した。すると、

「なんということか」

という祖父であり、剣術の師である加古李兵衛の呟きが耳に入った。

「愛、いつも見慣れたそなたの東軍新当流の技ではないぞ、駿太郎どのに教わったか」

李兵衛の言葉に愛は無言で首を横に振った。そして、泉水のほとりから愛の動きを見ていた駿太郎に視線をやった。

「李兵衛様、それがし、愛様にお教えする剣技は持ち合わせておりません。愛様がこの大地を感じて動かれた証しです」

「なんということか。三十間堀の道場とは違う須崎村の気が愛を動かしたといわれるか」

「三十間堀の道場には須崎村とは違う気が流れておりましょう。ただし、その違いがわかったのは愛様が東軍新当流の極意を承知しておられるからです。違いますか、父上」

李兵衛の傍らから愛の技を見ていた赤目小籐次に質した。

「おお、よう言うた。剣術家のだれもがその違いを感ずるわけではあるまい。さよう思われませぬか、李兵衛どの」

と小籐次が李兵衛に問いかけた。

しばし無言を保っていた李兵衛が、

「恐ろしや、来島水軍流。いやさ、代々の流儀を熟《こな》されたうえに、創始された『刹那の剣一ノ太刀』恐ろしや」

と呟いた。

「爺上、須崎村の望外川荘に招かれた愛は幸せにございます。この地と酔いどれ様父子が愛の修行すべき剣術の姿を見せて下さいました」

「おお、そのことよ。われら、三十間堀の道場に戻ってやり直しじゃな」

と李兵衛が言い、

「それがし、時にお邪魔させて頂きます。ゆえに愛様も折節望外川荘に参られて東軍新当流を披露してください」

と駿太郎は応じながら、四年前、森藩の刀工の鍛冶場の大山祇《おおやまづみ》神社の祭神に、父には無断で来島水軍流の技を奉献した折のことを思い出していた。

（あれはひとつのきっかけ）

であった。「刹那の剣一ノ太刀」が生み出した「挑み」であったことを駿太郎は改めて感じていた。

この日、愛は駿太郎といっしょに望外川荘の野外道場で稽古をした。それは己の剣術を披露しながらも相手の剣技から教えられる稽古であった。

昼下がり、駿太郎は加古李兵衛と愛を研ぎ舟蛙丸で三十間堀の道場へと送っていった。

蛙丸には飼い犬のクロスケとシロが愛の傍らに乗っていた。

三十間堀の道場の側に蛙丸を止めたとき、

「駿太郎どの、われらふたり、なんとも幸せな二日を過ごさせてもらった」

と李兵衛がいい、

「爺上、女剣術家として行く道が定まりました。私にとってもなんとも貴重な望外川荘滞在でございました」

と愛が言い切った。

駿太郎は両人の言葉にはなんら答えず、

「私どもの付き合いは始まったばかりです」

と言い、愛がクロスケとシロの体を最後にもう一度抱きしめて、名残り惜しそうに蛙丸を下りて行った。

三

駿太郎は芝口橋の久慈屋に立ち寄っていくことにした。望外川荘の畑で育てた大根などの野菜を届けるためだ。

「おや、加古家のご両人を三十間堀に送ってこられましたか」

と大番頭の観右衛門が駿太郎に声をかけた。久慈屋ではこの日、小籐次も駿太郎も仕事を休むと考え、研ぎ場を設けていなかった。

「はい」

「加古家のご両人、望外川荘の滞在を楽しまれましたかな」

駿太郎はその言葉に頷くと、

「三十間堀にあのような剣道場があったのですね」

と改めて感じ入った。

「駿太郎さん、その言葉、どう捉えればようございましょうな」

と観右衛門が反問した。

「いえ、道場主の加古李兵衛様も跡継ぎの愛様も人柄もよろしく、細やかな道場と申されますが、剣術に真正面から向き合っておられます」

「おう、さような意ですか。確かに細やかな道場ではございますな」

「若造のそれがし、江戸にいくつ武道場があるか知りません。されどその土地に合わせた道場でよいのではないかと思います。三十間堀の近くのアサリ河岸には八丁堀の与力・同心の子弟を始め、多くの門弟衆が技を競い合っておられる鏡心明智流の桃井春蔵《しゅんぞう》先生の道場がございますね。それとは異なった気風の加古道場が近くにあることは貴重と思いました。近隣の町人がたと和やかに為される稽古も大事と思うたのです」

「おお、駿太郎さんの申されることとよう分かりましたぞ」

と大番頭が返事をして傍らの若い八代目の主が、うんうん、と頷いた。

「そうだよな、こちらの紙問屋のように諸国の名産の紙を扱っている大店もあれば、厠で使う浅草紙だけを扱う小店もあるもんな」

と表から声がして空蔵が顔を出した。

浅草紙とは使い切って用を終えた大福帳などを再生した紙である。黒ずんでいて鼻紙や落とし紙にしか使えない紙の総称だ。

どうやら空蔵は表で駿太郎が久慈屋を訪れて以来の問答を聞いていたようだと

後ろを振り返った駿太郎は推量した。

「はい、そのとおりです。でも、空蔵さん。加古道場は決して落とし紙道場ではありませんよ。大好きな女《ひと》へ恋文を認めるように美しい道場です」

「おお、駿太郎さん、いいことというじゃねえか。そうか、愛さんが跡継ぎの道場は恋文を認める紙のような道場か。ところで、駿太郎さんは、恋文を認めたことがお有りかな」

と老練な読売屋の書き手が笑みの顔で訊いた。

「空蔵さん、残念ながら未だ恋文を認めたことがありません」

「ということは恋人にしたくなる女子に会ったことはねえってことか」

「いえ、これまでも好もしい女子には会ったことがありますが、薫子さんもこたびの愛様も、なんとなくそれがしの姉上になってしまわれます」

「おお、それはさ、未だ駿太郎さんが若すぎて恋文を認める相手が現れていないということじゃないか、待てば海路の日和《ひより》あり、待つんだな」

「そうでしょうか。それがしが武骨な剣術家ゆえ娘衆が避けておられるかもしれませんね」

と言った駿太郎に昌右衛門が無言で首を振り、

「男衆と女衆の間柄は不意にそう感じあえる場合もあれば、一方が密やかに何年も想うておられることもございましょう。理屈では説明できますまい」

「そうです、そうです。うちの旦那様のように長年おやえ様を慕《した》っておられたような恋もございましょう」

としたり顔で観右衛門がいうところにおやえが姿を見せて、

「大番頭さんにいわれると、なんとなく私がおっかない相手のようですね。ともあれ、うちはどうでもようございます。皆さんが申されるように駿太郎さんの前には未だ生涯を共にするお方が現れてないのではないでしょうか。そのうち母上のおりょう様のようなお方が駿太郎さんの前に必ずや現れますよ」

と確言した。

「おやえ様、昨日はあれこれとお土産を頂戴し、加古家のふたりも楽しまれました。有り難うございます」

とまず礼を述べた駿太郎が、

「それがしが未だ知らぬ娘御との出会いを楽しみに待ちます」

と言い切った。

久慈屋の一同がうんうんと首肯するのを見た駿太郎はいとまの挨拶をした。そして、アサリ河岸の桃井道場に立ち寄って稽古をしていこうと決めた。

須崎村の望外川荘では、おりょうと小籐次が縁側で庭を眺めながら茶を喫していた。

「おまえ様、加古愛様は、素敵な娘御ですね」

「おお、大した娘剣術家じゃぞ」

「おまえ様、私は素敵な娘御と申しましたよ」

「なに、違うのか。わしの返答と」

小籐次の問いにおりょうが微笑んで、手にしていた茶碗を口へと持っていった。

「うむ、まさか駿太郎の相手によき娘御と思うたか」

「はい。いけませぬか」

と茶を喫したおりょうが小籐次を見た。

「うーむ」

「駿太郎は十八歳になりました」

「いかにも十八歳であるな。わしがそなたに惚れたのは三十路を過ぎておったな。十八歳ではちと早くないか」

「おまえ様とりょうの出会いは格別です。十八なれば好きな娘がいても不思議ではありますまい。と、おまえ様には考えられませんか」

「おお、須藤平八郎どのから駿太郎を預かって十八年、駿太郎に惚れた娘御があってもよいと、おりょうは申すか」

「と、思いました。いかがでしょうね、駿太郎と加古愛様」

おりょうの問いには自分に問いかけているような気配も感じられた。

「愛さんは爺様との暮らしを幼い折りから支えてきたしっかり者の娘、さらには東軍新当流の娘剣術家でもあるわ。悪くはないが、当人がどう思うかのう」

「はい、そこでございます。しっかり者ゆえ、駿太郎にとって姉様のような娘御でしょうか」

「おりょう、かようなことは当人ふたりの感じ方がなにより大事であろう。それに、愛さんは道場の跡継ぎとして婿をとらねばならぬであろう。周りがあれこれと思うてもどうにもなるまい」

「はい、ゆえにおまえ様とふたりだけの問答にございます」

「おお、しばらくは遠くから見守っていこうか」

と答えた小籐次は、好きあった男女というより姉と弟のような間柄になるのではなかろうかと思った。

(須藤平八郎どの、どう思われるな)

と胸のなかで問いかけた。すると、

(ふっふっふ)

と含み笑いが聞こえ、

(酔いどれ様とおりょう様にご心労をかけております)

(心労ではないが、どうもわしには駿太郎に惚れ合った相手が出来るのは未だ先のような気がしてな)

(父親役を酔いどれ様に委《ゆだ》ねたそれがしにはなんとも思いがつきません)

と応じた平八郎の気配が消えた。

「待つしかないか」

と小籐次は己に言い聞かせていた。

一方、駿太郎がアサリ河岸の鏡心明智流の桃井道場にて木刀を手に体を動かして五体をほぐしていると道場の表から喚《わめ》き声が聞こえてきた。

「われら、いささか曰くがありて当道場に訪ねておる。道場主と面談致したし」

駿太郎は近くで木刀で素振りをする門弟、北町奉行所の老練な与力轟《とどろき》清左衛《せいざえ》門《もん》と思わず顔を見合わせた。

「まさか桃井道場に道場破りではあるまいな」

と轟が漏らし、

「そんな怒鳴り声ですが、ありえましょうか」

と駿太郎が答えていた。

それはそうだろう。アサリ河岸は町奉行所の与力・同心の屋敷が甍《いらか》を連ねる八丁堀と近く、桃井道場も門弟衆は南北奉行所の与力・同心やその子弟が多い。だが、刻限は昼下がり、朝稽古の盛況は見られず、二十人足らずの門弟衆が思い思いの稽古をしていた。

「そなたら、まさか道場破りではあるまいな」

と若い門弟の声が糺した。

「おお、そう考えられるならばそれもよし」

と野太い声が応じた。

「驚きました」

「なに、道場破りの到来に怯えたか」

「お手前がた、桃井道場は江戸町奉行所の役人衆が大勢門弟におられますぞ」

「それがどうした」

と押し問答の末、若い見習同心を突き放して道場に姿を見せたのは諸国往来の武者修行者らしき風体の四人組だ。だが、夢想谷三兄弟とは異なり、さすがに履物は式台前に脱いできたと見えて足袋裸足だ。

見所《けんじょ》の前に立つ桃井春蔵が四人組に眼差しを向けて、

「それがしが道場主であるが、道場破りと申されるは冗談ではあるまいな」

と穏やかな声で言った。

「なに、そのほうが道場主か、曰くはござる」

「過日、われらの仲間が当道場に入門致したが、なんとそのほう、入門料に五両の大金をふっかけ、月々の稽古代も一分と法外な値を申したそうな。われら、門弟の大半が町奉行所の役人であるのをよいことに無体を働いておると聞き及び、わが仲間が支払った五両一分を取り戻しに参った」

と口々に言い放った。

「うーむ」

と桃井春蔵がその場で稽古をする門弟を眺め廻し、

「だれぞ、かような新入りの門弟を承知か」

と質した。

「師匠、さような馬鹿な話があるわけもなし。この者たち、なんぞ勘違いしておりませぬかな」

駿太郎の傍らにいた北町奉行所の与力轟が応じた。そして、

「そなたら、桃井道場がどのような道場か承知で掛け合いにこられたと申したな」

「おう、いかにもさよう。門弟は与力・同心が多いのであったな。江戸では役人は大した暮らしをしているようだな」

と言い切った。

「轟どの、町奉行所の同心の俸給はいくらであったかな」

「三十俵二人扶持、これで小者の費えも要れば身内の食い扶持もある。決して高給とは言い難いでしょうな」

と轟が桃井にゆったりとした口調で応じた。むろん奉行所同心には出入りの大店などからの付け届けがあった。だが、轟はそのようなことには触れなかった。

「師匠、桃井道場の門弟で入門料五両、月々の稽古代が一分など、だれぞが支払

っておりますかな」

「ううーむ、うちにさような金子が入れば蔵が建つな。だが、道場の床の張替えにも苦労しておるわ」

と桃井が答え、

「うちに五両の入門料を払われた御仁はどなたですな」

「角田権六は本日同道しておらぬ。ともあれ、角田が支払い、そのほうが出した受取もこのとおりあるわ」

と四人組の頭分と思しき剣術家が差し出した。

「おや、角田権六などという門弟がおったか。ともあれ当道場ではさような受取など書いた例《ため》しはなし」

と言った桃井が受取を眺めて、

「おやおや、それがし、今少し字は上手と思うがな。ほれ、壁に貼られた道場での注意書き、あれがそれがしの字でござってな。そなたら、どのような曰くがあるか知らぬが、わが桃井道場に掛け合うより町奉行所に訴えられよ」

「ならばそれがしがこの四人を北町奉行所にお連れしましょうかな」

と轟が言い出した。

「おのれら、あれこれと言い逃れしおるな。もはや面倒なり、道場の看板を剝《は》がして近くの古道具屋に叩き売るか。それともわれら四人と門弟四人が立ち合いを為して、決着をつけるか」

「うちの看板が古道具屋でなにがしかになるかのう、轟どの」

「わが道場の看板を買い取る古道具屋がこの界隈にありますかな」

と桃井と轟が長閑にも言い合った。もはやこの連中の目当てが、暮らしの費えか路銀と察知していたからだ。

「ならば勝負だ」

と四人組の頭分が張り切った。

「困ったのう、どうしてもかのう」

と桃井が轟に聞き、

「桃井先生、駿太郎が稽古に来たばかり、駿太郎と立ち合わせますか」

と轟が駿太郎を見た。

「そなた、名はなんと申されるな」

「陣内左馬之助、流儀は山鹿古一刀流」

「陣内どの、うちから十八歳の門弟を立てましょう。そなたらはどうなさるな」

と桃井が陣内に応じた。

「な、なに、十八歳の若造だと。われら四人を虚仮《こけ》にしおるか」

「と、申されておるが駿太郎、どう致すな」

と桃井が轟の傍らにいた駿太郎に尋ねた。

「それがし、山鹿古一刀流なる剣術を存じませぬ。ぜひ稽古を付けて頂きとうございます」

と言った駿太郎が木刀を竹刀に代えた。

「若造、稽古ではないわ。生死をかけた勝負、真剣と言いたいがそのほう、真剣勝負など為したことがあるまい。よかろう、木刀勝負と致す」

と道場主の桃井春蔵を睨んだ陣内が、

「こやつが負けた場合、五両一分は返してもらうぞ」

と金子に拘った。

「ようございましょう。奥に願ってなんとか工面しましょう。ではそなたがたも敗北の折りはひとり頭五両一分を支払って頂きましょうかな」

「なに、若造相手にさようなことにはならぬわ」

と陣内が言い切った。

「どうする、駿太郎」

「師匠、金子をお持ちではないようです。見たところこの界隈でなにがしかに換えられるのは大小ぐらいでしょうか」

「おのれ、許せぬ」

と四人のうちで一番若く見えるが、稽古を積んできたと思える一人が木刀を手にして素振りをしてみせた。

「師匠、本日、それがしは稽古をしておりませぬ。あとで稽古をしたいので、お相手は四人いっしょにして下され」

と言い放った駿太郎は道場の真ん中に出た。

最前から四人組の言動を眺めていた門弟衆が、さあっ、と道場を明け渡すように壁際へと下った。

「駿太郎どの、容易く決着をつけるでないぞ。それがし、桃井道場に入門して十数年になるが、道場破りをこの目で見るのは初めてでな。楽しませてくれぬか」

と言い出したのは南町奉行の非常取締掛与力の小笠原《おがさわら》右京《うきょう》だ。

「はい」

と応じた駿太郎が木刀を手に、真っ赤な顔で激した四人の前に立った。

「小僧、門弟どもの大言壮語許せぬ。そのほうを殴り殺したとてわれらに責めはない。尋常勝負じゃぞ」

と陣内左馬之助が言い放った。

「承知仕りました」

と木刀を構えた駿太郎の表情が険しく変わっていた。

だが、陣内ら四人組は、江戸者に虚仮にされた、と怒りに震えて平常心を失っていた。

「参ります。来島水軍流、ご覧あれ」

と宣告した駿太郎を四人が囲んで一気に決着をつけようと襲いかかった。

駿太郎も踏み込んでいた。

木刀が真剣でもあるかのように虚空に光となって舞い、四本の木刀の動きを巧妙に縫って相手の脳天やら首筋やら左右の胴をびしりびしりと決めて、四人がほぼ同時に桃井道場の床に転がっていた。正剣十手のうちの流れ胴斬りを駿太郎流に解釈した動きだった。

桃井道場の高弟でも駿太郎の迅速な太刀筋を確かに見た者はいなかった。

四

駿太郎が須崎村の望外川荘に戻ってきたのは七つ半（午後五時）の頃合いであった。

「久慈屋で研ぎ仕事を為したのではあるまいな」

と小籐次が質した。

「いえ、久慈屋さんには立ち寄りましたが仕事することなくお暇《いとま》し、帰路アサリ河岸の桃井道場で稽古を致しましてかような刻限になりました」

「おお、それはなにより。道場に変わりはないか」

「刻限が刻限ゆえ門弟衆は朝稽古より少のうございました。その代わり普段稽古をつけてもらえぬ北町奉行所の与力轟清左衛門様がたに丁寧な指導を受けました」

「轟どのは老練な遣い手じゃな。わしも久しく稽古をしておらぬ。よかったな」

と小籐次が答えた。

「望外川荘では父上と母上、長閑な時を過ごされましたか」

「おお、珍しく訪いの方もおられぬでな、庭先の紅葉や落ち葉を眺めながら静かな時を過ごしたわ。おりょうがわしに句など詠めというが、わしの頭は働いてくれぬわ。幼いころから竹刀や木刀で頭を叩かれてきたせいかのう」

と小籐次が下手な冗談を言って苦笑いした。

「いえ、剣術の稽古で五体や頭を熱くするほどあれこれと思いつき、考えが広がるものです。駿太郎、父上は、自ら心持ちを形にして他人に披露するのが嫌なのです。頭のなかにはりょうが知らぬ句の数々が詰まっておりますよ」

とおりょうが言い切り、

「駿太郎、どうです。父上に代わりて、そなたが句作を学びませんか」

「えっ、父上の代わりにそれがしがですか。うーむ、考えたこともないな」

「例えば望外川荘のただ今の景色を見てどう思われます」

「はあ、景色ですか。母上、紅葉や桜の葉が色づいて風に舞い散っているだけですよ」

「それそれ、駿太郎の頭はすでに句が出来あがりつつあります。あとは定型の五七五に整えると駿太郎流発句の誕生です」

「そんなものですか。ううーん」

と思案した駿太郎が、

『色づいた　紅葉舞い散り　暮れ近し』。ちと語呂が悪いな、気持ちの悪い面打ち連打のようだ」

「おお、駿太郎の発句は、気持ちの悪い面打ち連打か」

にやりと笑った小籐次がふたりの問答に加わった。

「桃井道場で轟様との稽古の前に妙な四人組が参り、それがしが相手をさせられたせいでしょうか」

「なに、桃井道場に道場破りが参ったか。最前は、なにもなかったと申さなかったか」

「忘れておりました。母上に発句を詠めと命じられて思い出したのです」

「世間には妙な武芸者もおるな。まさか八丁堀に近い桃井道場に道場破りな。うーん、『江戸知らず　木刀の音《ね》や　師走かな』ではどうだ」

「おお、父上のほうが酔いどれの異名にふさわしい五七五になっています」

「そうか、形になっておるか」

と言い合う父子ふたりを見たおりょうが苦笑いして首を傾げた。

そのとき、船着場からクロスケとシロの吠え声がした。

「本日は静かと思うたが客の到来かな」

と小籐次が船着場のほうを見た。

茶室の背後から二匹の飼い犬が飛び出してきて庭先を走り回り始めた。すると老中青山忠裕の密偵おしんと新八のふたりが角樽《つのだる》や菜と思しき風呂敷包みを下げて姿を見せた。

「どうやら本日もお泊まりだな」

と小籐次が漏らし、

「湯も沸いておりますよ」

とおりょうが応じて縁側から台所に姿を消した。近づいてきたふたりに、

「本日も泊まりじゃな、ご両人」

と小籐次が念押しした。

「酔いどれ様、私ども、近ごろこちらの望外川荘をまるで己の別邸のように使わせてもらっています。恐縮です」

「下り酒の到来はなにより大歓迎じゃぞ」

と小籐次が破顔した。

「駿太郎さんは本日、芝口橋界隈におられたそうですね」

「三十間堀の加古道場の道場主の加古李兵衛様と跡継ぎの愛様がうちに泊まられましたのを送っていきました。久慈屋に立ち寄り、最後はアサリ河岸の桃井道場で稽古をして、最前帰ってきたところです」

「なにっ、昨夜も泊まり客がございましたか。連日の泊まり客ではご迷惑でしたか」

と新八が言った。

「おしんさんと新八どのは身内同然、いつ泊まろうと遠慮することもあるまい。ちと待てよ、ひょっとするとご老中の御用があるのかな」

「いつものようにわが主は多忙の極みです。されど、城中の御用ですよ」

「ふーむ、城中の政《まつりごと》には、われ関わりなしじゃな」

「ただ今公儀では抜け参りで親に無断で飛び出していく子どもが多すぎて困っておりますが、こちらは手立てがございません。まさかこちらに酔いどれ様の出番はありますまい」

と新八がいうところにふたたびおりょうが姿を見せて、

「男衆から湯に入ってくださいな」

と声をかけた。

「おりょう様、申し訳ありませんね。私ども、赤目家の身内になった気分で始終こちらにお邪魔しております。本日は鶏肉です」

とおしんがおりょうに差し出し、

「ならば今宵は鶏鍋にしましょうか」

とのおりょうの言葉のあとに男衆の赤目親子と新八が湯に浸かった。

「新八さんや、老中の用事は真にないのかな」

と小籐次が落ち着いたところで念押しした。

「いえね、われらに説明がないところをみると、小籐次様を知らぬ大名小路の譜代大名あたりがわが主に、望外川荘のご両人と引き合わせてくれと仲立ちを願うとか、さようなことではございませぬかな。もしそれがしの推量が当たっているならば、明日にもおしんさんがご案内しますで、あちらで話を聞いてくれませんかな」

幕府開闢《かいびゃく》から時代が下った寛永年間には、

一、江戸城曲輪《くるわ》内、現在の吹上に尾張・紀伊・水戸の御三家、北の丸には駿河大納言徳川忠長と親族の邸宅

二、大手門外には酒井忠世・酒井忠勝・松平信綱・稲葉正勝・土井利勝など幕閣の要人を配置

三、常盤橋門外から西丸下にかけての大名小路には親藩譜代

四、馬場先堀の東側の大名小路と外桜田には有力外様大名

を配置していた。

「なに、大名小路な。どちらにしてもわれら、関わりがなき界隈、公儀の重臣よのう。研ぎ屋爺のわしが役に立とうか」

「まず公儀の大目付・目付では厄介になる内々の話と思われますな。酔いどれ様の名が役に立つ話ですよ、極秘に収めたい話ならば、江戸広しといえども酔いどれ様しかおられない」

と新八が言い切ったが、それ以上の内容は本当に知らないようだった。

「相分かった」

と返事をするしかない。

湯から上った小籐次は昨晩に続き、今日は新八とふたりで囲炉裏端の酒盛りを

なした。

酒の酔いが回った小籐次は、

（わしは研ぎ屋か、騒ぎの取り鎮《しず》め屋か）

と迷ったものだ。そして、なんとなく老中青山忠裕が仲介しようという相手のことが胸に閊《つか》えた。そこへ女衆も湯から上がってきた。

「おしんさんや、湯で新八どのにお手前がたの主の求めについて聞いたが、そなたもそれ以上は知らぬのか」

「はい、存じませぬ。わが主は赤目様に願いがあれば、私どもふたりに経緯を告げて遣わされるのですが。いつもと違い、曖昧模糊とした口調でございました」

「ふーむ、そなたらに申すのもなんだが、青山様は公儀の最高位の老中、それも先任老中だな。そんなお方にどなたが密やかに願うかのう」

「もはやわが殿の上におわすは公方様だけです。家斉様ならば赤目様親子とは直に承知の間柄ですから違いますね」

とおしんが首を捻った。

「父上、ご老中青山様が口にしたい相手ではないとしたらどうでしょう。例えば昔に借りがあって断れないとか」

いつものように酒を嗜《たしな》む小籐次らよりひと足先にご飯を黙々と食べていた駿太郎が言い出した。

「借りとは金子ではなく嫌な騒ぎがご老中とその者の間にあったとしたらです」

「そうか、われらが知らぬ借りが城中のだれぞとの間にあるか。それならば、わが主、赤目様に遠回しの願いをするやもしれぬな。どう思うな、おしんさんや」

との新八の言葉に沈思していたおしんがこくりと頷き、

「あり得ます」

と言い切り、

「わが主が老中に就いたのは文化元年(一八〇四)のことです、二十七年になります。かような老中に容易く願うお方はあまりおられますまい。ただ今から二十七年前は、私たちも殿の密偵は務めておりませぬ。ひょっとして大昔の知り合いが殿に『赤目小籐次様とは知り合いですな、仲立ちをしてくれぬか』と願ったとしたら」

と言い添え、酒を飲む手を止めた三人は頷き合い、

「こたびは駿太郎さんに教えられたわ。お酒を飲んで御用の話をしてはなりませんね」

とおしんが駿太郎に笑いかけた。

翌朝、いつものように駿太郎は庭先で剣術の稽古をし、朝餉のあと、訪問者のふたりを蛙丸で送ることにした。ふたりが乗ってきた舟は昨日のうちに帰していた。すると小籐次が、

「わしも乗せていけ。われら、こちらで待つよりも久慈屋で研ぎ仕事をしながら待ったほうが、なんぞあった場合、対応が早かろう」

と言い出し、駿太郎が漕ぐ蛙丸に三人が乗っていくことになった。

いつものようにクロスケとシロの二匹は湧水池が隅田川と接する辺りまで見送ってくれた。

「おしんさんや新八さんが老中の手伝いを為すようになって十数年か」

「昨夜、床のなかでつらつら考えておりました。昨夜も申し上げましたので繰り返しになりますが、殿は文化元年一月に老中に昇進しておられます。二十七年も前でございますよ。なんとも長い奉職です。四年前の五月には一万石の加増ですよ。かように長きにわたっての老中務めは、殿の他にはございますまい」

とおしんが自分のことのように自慢げに言った。

「いかにもいかにも」

「私どもは文化の終わりから、ただ今の密偵職を仰せつかりました。ゆえに老中に就いた当初の十数年、主がどのようなお方と付き合いがあったか存じませぬ」

と言い切った。

「むろん老中ご自身は公事のこと、すべて書き付けておられよう。ご両人が助勢する以前、青山家で殿の動向に詳しいお方はどなたかのう」

「もはや隠居なされておられますが、篠山藩の下屋敷で悠々自適に暮らしておられる元藩ご用人の群司《ぐんじ》太郎左衛門《たろうざえもん》様かと思います」

「おお、おしんさん、群司様ならば頭もはっきりとしておられます。十数年前、われらが殿の助勢を始める以前、群司様が手伝っておられたな。それがし、殿が公儀の役に就いて以後こうせよ、ああせよと手厳しく教えられたわ」

と新八も言い出した。

「ならば、おしんさん、新八様、篠山藩下屋敷まで送っていきましょうか」

と駿太郎が言い、

「頼みます」

とおしんが応じた。

小籐次と駿太郎は、芝口橋北詰の紙問屋久慈屋の店先に研ぎ場を設えて、父子ふたりして久しぶりに研ぎ仕事を為すことにした。

ふたりがいつもの席に落ち着いた頃合い、大番頭の観右衛門が、

「今朝がたは、駿太郎さん、アサリ河岸の桃井道場か、あるいは三十間堀の加古道場かで稽古をなさりませんでしたな」

と言い出した。主の昌右衛門は、奥で昨日の大福帳を検《あらた》めているとかで、帳場にはいなかった。

「大番頭さん、今朝はどちらにも立ち寄っておりませぬ」

「おや、駿太郎さんとしたことが珍しゅうございますな」

とさらに追及した。

「大番頭さんや、どちら様かが絡《から》んだことでな、われらも落ち着いて研ぎ仕事に専念できませぬ。しばらくわれら親子の動静は見て見ぬふりをしてくれませぬかな」

と小籐次が願った。

見て見ぬふりとはむろん丹波篠山藩の下屋敷、虎ノ御門南、西久保通と三斎小

路がぶつかる一角に元ご用人の群司太郎左衛門を訪ねたことだ。密偵ふたりの口利きで赤目小籐次の訪いを知った群司は同席を許し、話を聞くとしばし無言を保って思案していたが、

「できないことはなかろうが隠居のわしには厄介な相談よのう。じゃが天下の酔いどれ小籐次どのの頼み、無下には出来ぬわ」

と答えると小籐次に、

「どこへ知らせればよいな」

「住まいは須崎村にございますればいささか遠うございます。われらが折々こちらを訪ねて参ります」

と応じて一行は辞去した。この一件を観右衛門に話すわけにはいかなかった。

「おお、それは余計な口出しを致しました」

と観右衛門が詫びた。そこへ昌右衛門が姿を見せると、奉公人たちがいる店先がぴーんと緊張して、大番頭もそれ以上酔いどれ親子を追及できなかった。

昼前の一刻半（三時間）ほど父子はせっせと溜まっていた久慈屋の道具や界隈のお店から研ぎを願われた刃物の手入れに没頭した。

昼餉は赤目父子も久慈屋の台所でいつものように馳走になった。

「酔いどれ様、天保二年も残り少なくなりましたな」

「おお、師走が近づいたのう」

小籐次が応じたが、観右衛門の好奇心は老いてますます盛んになり、店先での問答を決して忘れていないことを承知していた。

「望外川荘に薫子様はすっかりと落ち着かれたようでございますな」

「おりょうが実の娘のように可愛がっておるでな、まあ、わが身内がひとり増えたということだな。とは申せ、若い娘の気持ちは複雑であろう。もうしばらく落ち着かぬ歳月を過ごすことになるか。駿太郎は、薫子のこと、どう見ておるな」

「父上、薫子姉がわが望外川荘に暮らし始めて四年の歳月が過ぎました。もはや母上とは実の母娘以上の間柄、なんでも話し合っておりますよ」

と言い切り、

「そうか、薫子が須崎村に参って四年も月日が経ったか。わしの物覚えが悪くなるのも宜《むべ》なるかなだな」

と小籐次が応じた。

「なんとも不思議な赤目一家でございますな。だれひとりとして血が繋がった身内はおりますまい。にも拘わらずお互いが支え合って信頼しておられます」

と観右衛門が話に加わった。

小籐次は観右衛門が最前の話をいったん措くことにしたようだといささか安堵した。

「大番頭さんや、身内はいろいろじゃぞ。血が繋がった一家ばかりではないわ」

「父上、わが一家は、父上と母上がしっかりと信頼し合うておられます。ゆえにそれがしや薫子姉が実の倅や娘として暮らしていけるのです。と、思いませぬか、大番頭さん」

と十八歳の駿太郎は応じていた。

「おお、確かに血のつながった一家より、望外川荘の身内は互いがしっかりと役目を果たしておりますな」

と言った観右衛門が不意になにかを思い出したか、黙り込んだ。

「どうされたな、大番頭さんや」

「は、はい。ついわが身のことを忘れておりました。私、この歳まで独り者、先々独りで身罷るのでしょうな」

と言いながら急に悄然《しょうぜん》とした。

「大番頭さんのお身内は久慈屋様一家ですよ。そのことをお忘れですか」

と駿太郎が言い、そこへ昌右衛門とおやえの主夫婦が姿を見せて、

「あれあれ、大番頭さんは孫の駿太郎さんに教えられていますよ。おまえ様」

「それそれ、大番頭さん、人間だれしも身罷ります。その折り、独りで、とは申さず私ども家族に見送られてあの世に旅立つのです。そのことを駿太郎さんに教えられましたよ」

と昌右衛門が優しく言った。

観右衛門が主夫婦というより倅夫婦と言ってもよいふたりの言葉にがくがくと頷いた。

第三章　お手当一両二分

一

師走、酔いどれ小籐次とおりょう夫婦に駿太郎、薫子の一家は、実に長閑な日々を重ねていた。

父子は、芝口橋の紙問屋久慈屋の店先での研ぎ仕事が一段落すると、大川河口の左岸、深川の蛤《はまぐり》町裏河岸に移り、船着場に研ぎ舟蛙丸を舫ってこの界隈の馴染みの客の刃物を研いだ。

今年もあと数日とあってだれもが道具や刃物を研ぎに出してさっぱりと新春を迎えたいのか、大勢の客が詰め掛けた。

「おお、ここんところ、蛤町裏河岸には顔を見せなかったな、酔いどれ様よ。芝口橋界隈で騒ぎに関わっていたかえ。読売にゃあ、そんなこと載ってなかったな」

「こちらに無沙汰をして申し訳なかったな。だが、あれこれはないが本業の研ぎ仕事が忙しかったのよ。それに駿太郎が剣術道場へ繁く通ったりしてな、となるとわしひとりでは研ぎ仕事がはかどらんでな」

「なに、酔いどれ様だけでは研ぎ仕事もはかがいかぬか」

「おお、すべて駿太郎の手助けなくば、数は熟せんでな。酔いどれ小籐次、老いたりということかのう」

という問答を聞いた裏長屋の住人の女衆が、

「たしかに駿太郎さんは立派に成長してしっかり仕事しているよ。その分かね、酔いどれ様の手つきはたしかにのろくなったねえ」

と加わってきた。

深川蛤町裏河岸界隈は師走とあってなんとなく慌ただしかったが、研ぎ舟蛙丸の周りには長閑な雰囲気が漂っていた。

「抜け参りで出かけた子どもたちは無事に戻ってきたかな」

「ああ、うちのガキたちは冬だというのに、真っ黒に焼けたうえにさ、逞しくなって戻ってきたよ。やっぱり旅はさせるもんだね」

「おお、そうか、おまえさんの倅はいくつだね」

「十三、いやさ、もうすぐ十四歳を迎えるね。大工の親父に従って作事場の下働きを始めたよ」

「おお、それもこれも竹びしゃくを腰に差しての抜け参りのおかげだな」

多忙な師走にあって小籐次と駿太郎は研ぎ仕事の手は休めることなく、久しぶりに顔を合わせた客たちと四方山《よもやま》話を交わしていた。

「駿太郎はひと廻り体が大きくなったな。いくつになったえ」

と馴染みの蕎麦屋、竹藪蕎麦の美造《よしぞう》が質した。駿太郎がよちよち歩きのときから承知だから呼び捨てだ。

「十八ですよ、竹藪蕎麦の親方」

「おお、だれも新玉《あらたま》の年を迎えてひとつ歳を重ねるな。そうか、駿太郎は十九歳か、親父さんの跡継ぎかえ。おまえさん方は、公方様にも知られた親子だ。武家奉公しねえかと大名家や直参旗本あたりから誘いがあるんじゃないか」

「それがし、武家奉公は結構です。礼儀作法に小うるさくて上役はなにかと厳しいでしょう。父上とこうして研ぎをしながら暮らすのが性に合っています」

「そうだよな、おれたちは礼儀作法なんぞクソくらえだ。包丁一本の研ぎ代で暮らしていければそれにこしたことはねえよな。で、いまよ、須崎村の家には身内が何人いるのだよ」

「身内ですか。父上と母上にそれがし、それに姉上がいて、その他、男衆とか女衆がいますから七、八人かな。ときに夕餉の折り、十人ほどがおりますね」

「なんてこった、おまえさんたち親子ふたりの稼ぎで十人が暮らすね、そりゃ、武家奉公なんぞできないやね」

と言い合う合間にも久しぶりのことで、次から次へと研ぎ仕事を頼まれた。

この日親子は、望外川荘の竹林の大竹を切って、包丁の研ぎの代金数十文を放り込んでもらう竹の器を用意していた。

芝口では馴染みの客は界隈の老舗のお店だ。一本いくらの研ぎ代ではなく、

「ほい、今月分だよ」

と二朱を渡してくれるところもあれば、久慈屋に至っては店先を研ぎ場に貸しているにも拘わらず、「看板料」とひと月二分ほど渡してくれた。芝口橋近辺ではそんな大らかな客が多かった。

この日、深川蛤町の仕事を早めに終えて、帰りの蛙丸の胴ノ間で小籐次が銭を

勘定して、

「おうおう、駿太郎や。本日の稼ぎは五百二十七文だな。それに魚問屋の魚源から鯖とイカの干物を頂戴したわ」

研ぎ仕事に出た折りの稼ぎはおりょうが受け取り、帳面に記したうえで日々の費えにしていた。櫓を漕いでいた駿太郎が思いついたか尋ねた。

「父上、うちの暮らしの費えは一年どれほどでしょうね」

「うーむ、一年の費えか。新兵衛長屋のころの費えなら計算できたろうが、望外川荘の暮らしな、さあて、見当もつかぬな」

「それで暮らしていけるのですか。母上が苦労なさっていませんかね」

「さようなことを考えたこともなかったが、おりょうがなにも言わんところを見ると、いやさ、われらが生きておるところを見ると足りておるのではないか」

と言った小籐次だが、時に大店から命を張るような頼みを受けた折りなど、包み金を頂戴することも年に何度かあった。また、老中の青山忠裕の陰仕事をおしんと新八に頼まれて為した折りにはそれなりの金子が老中の稼ぎか、篠山藩からか分からぬが、おりょうに渡されることを小籐次は承知していた。そんなわけで望外川荘の暮らしが成り立っていると、小籐次は推量していた。

「父上、機会を見てそれがしが母上に聞いてみます」

「おお、うちの実入りと費えを知るのは悪いことではなかろう。この五百二十七文を渡す折りに聞いてみよ」

と小籐次が答えていた。

「駿太郎、そなたもわしと同じように武家奉公は無理かのう」

「無理でしょうね。父上がやってこられた研ぎ仕事や陰仕事の跡継ぎが気楽です」

と言い切った駿太郎だが、陰仕事は命がけの稼ぎだと承知していた。

しばし沈黙していた小籐次が、

「そうだな、そなたに月々手間賃を渡さねばなるまいな」

と言い出した。

「それがし、お手当を頂戴できるのですか」

「おお、そなたとて欲しい物があろう。親に知られずに使える金子があるのは大事なことじゃぞ。そうだな、月々いくら渡せばよいか、住まいと食い扶持、衣類などはかからぬゆえ、そうじゃな、一両では少ないか。二両はどうだ」

「差し当たってほしいものが思い当たりませぬ」

「ならば一両二分をおりょうから貰うようにわしが話しておこうか」

「毎月一両二分か」

と言った駿太郎が櫓を漕ぎながら考えていた。

「そのうちな、好きな女子が出来るとな、一両二分では足りぬかもしれんな」

「そうですね。でも、さしあたりの難儀は未だ好きな娘御が見つからぬことですよ」

「研ぎ仕事に剣道場通いでは娘と出合う機会はないな」

「ございません」

父子でふだん交わしたことがない問答をしているうちにいつの間にか、須崎村の岸辺に蛙丸が差し掛かっていた。

そのとき、竹屋の渡し場から渡し船が出ようとしていたが、不意に、

「なにをなさるのです」

と叫ぶ女の声が響いた。

師走とはいえ、まだ川向こうから西日が差していた。

ふたりが渡し場を見ると、渡し船を強引に止めているのは浪人者ふたりで、土手のところにも何人か仲間がいた。そして、須崎村界隈の抱屋敷の女中と思しき

女衆が年若い姫君を必死に浪人どもから守ろうとしていた。

駿太郎は渡し船の傍らに蛙丸を寄せた。

「浪人さんよ、仲間の舟が来たぜ。渡し船の舫い綱を離してくんな」

渡し船の船頭が駿太郎の漕ぐ舟を浪人どもの仲間の舟と間違えたか、そう言いかけた。

「なに、われらの仲間の舟とな」

と浪人ふたりが駿太郎を見た。

「なにやつだ、そのほう」

「それがしが糺すことだな」

駿太郎が答えたところに仲間の浪人三人が武家奉公の女中と姫君の腕をつかんで強引に引きずってきて、

「おい、渡し船の客を下ろせ」

と怒鳴った。

渡し船の舫い綱を手にしていたひとりが刀の柄に手をかけて、

「この船はわれらが貰った。客はさっさと下りよ」

と命じた。

そのとき、駿太郎は櫓を竹棹に持ち替え、

「そなたらが舫い綱を離されよ」

と言うと同時に竹棹の先で浪人者の胸を軽やかに突いていた。

「ああー」

と悲鳴を上げた浪人者が水面に転がり落ちた。

「おのれ、許さぬ」

と仲間たちが蛙丸の駿太郎を見た。

「こやつの舟に女どもを乗せよ」

と浪人どもの頭分が喚いた。

「爺が乗っておるぞ、山南《やまなみ》どの」

「年寄り爺など水に叩き落とせ。女ふたりを乗せるのだ」

と山南が命じたとき、最前まで一文銭の勘定をしていた小籐次が竹筒から何枚か銭を摑むと、無言で女二人の腕をつかんでいた浪人ふたりに二枚の銭を爪はじきで放った。

「びしりびしり」

と虚空を飛んだ一文銭が浪人の顔にあたり、

と喚いて女ふたりを放した。それを見た駿太郎が蛙丸の舫い綱を片手に持ち、岸辺に飛んだ。

「おお、こやつらの仲間と思うたら、望外川荘の主、酔いどれ小籐次様と駿太郎さんではないか」

と渡し船の船頭が喜びの声を上げた。だが、その声は山南一統の耳には入っていないようで、駿太郎が、

「ささっ、それがしの後ろにおいでなされ」

と呆然としている女ふたりの手を引いて背後に庇《かば》った。

「さあて、山南どの、仲間が三人ほど少なくなりましたが、どうなさいますな」

駿太郎が舫い綱を落として片足で踏んで流されぬようにして話しかけた。

「おのれ、若造。山南外守《ともり》、直心影流の遣い手よ、一人《いちにん》で十分かな。そのほうと爺を叩き斬るわ。覚悟せよ」

と高らかに宣告し、ひとり残った仲間が山南の背後についた。

「おーい、山南さんよ、おめえさんが最前から年寄りとか爺と呼ばわっている御仁がだれか知らねえのか」

と渡し船の船頭が叫んだ。

「この二十年、諸国を遍歴し江戸に帰り着いた山南外守である。年寄り爺の名など一々知るわけもないわ」

「ほうほう、知らねえか。ならばおまえさんの前の若武者が何者か承知していまいな」

「船頭、最前から小馬鹿にしたような口を利くではない。何者か」

「おう、申し上げようか。乗合船の客人さんよ、この馬鹿たれ武者修行の御仁にさ、このご両人が何者か教えてやってはくれねえか」

「おう」

と叫んだ職人風の乗合客が、

『御鑓拝借《おやりはいしやく》』に始まる数多の勲《いさお》しの立役者、酔いどれ小籐次こと赤目小籐次様と、その息子の十八歳の駿太郎様だ」

とさけぶと、船頭から残りの乗合客までが大声で和した。

「ああ」

と悲鳴を上げたのは山南外守の残った配下だった。

「酔いどれ小籐次だとよ、まずいぞ。山南どの」

「たかが年寄り爺と若造のふたりなど山南外守一人《いちにん》で十分なり」

と再び言い放った山南が刀の鞘の鍔元《つばもと》に手を置いた。

その瞬間、小籐次の手に残っていた二枚の一文銭が次々に虚空を飛んで、山南の両の瞼にあたり、

「ぎゃあー」

と絶叫が上がって、ひとり残った配下が身を竦ませた。

「おい、山南某の眼は潰《つぶ》れぬわ。されどひと月や二月、不じゆうであろうな。そやつの手を引いてどこへなりとも連れていけ」

と小籐次が言い放った。

「は、はい。承知しました」

拉致《らち》されかけた女中と姫君が呆然としたまま研ぎ舟に座す小籐次を見ていた。

「お屋敷はどちらかな」

「直参旗本小普請支配の片桐家の者にございます」

と女中が答え、

「父上、越後長岡藩牧野備前守様の抱屋敷のお隣ですよ」

と駿太郎が言い添えた。

「はい。いかにもさようです、駿太郎様」

これまで女中の両腕に抱えられていた姫君が返事をして駿太郎に顔を向けた。

「おお、これは」

と思わず駿太郎が漏らした。

それほど凜々しくも整った顔立ちの娘だった。

「どうなされました。赤目駿太郎様」

「お姫様、お歳を訊いてようございますか」

「駿太郎様は十八歳、年が明けたら十九歳でございましたね」

「それがしの歳をご存じでしたか。そうか、最前、乗合船の客人たちが、それがしが十八歳と叫んでおりましたね」

「わたし、片桐家の娘麗衣子《れいこ》と申します。ただ今十四歳です、駿太郎様」

と明敏そうな眼差しを駿太郎に向けてきっぱりと答えた。

頷いた駿太郎が視線を蛙丸に向け、

「父上、それがし、ご両人を片桐家に送って参ります。おひとりで望外川荘に戻っていてください。お送りしたら、すぐに徒歩にて戻ります」

と言った。

「よかろう」

と蛙丸の胴ノ間から立ち上がった小籐次が、

「あの愚か者どもに四文も使ってしもうたわ」

と嘆いた。

片桐家は小梅村と須崎村の入会地にあって、抱屋敷、つまり公儀から頂戴した拝領屋敷ではなく片桐家が建てた別宅であった。望外川荘からもそう遠くはない。

「駿太郎様、お尋ねしてようございますか」

「なんですか、お姫様」

「わたしのことは、麗衣子と呼んでください」

「分かりました。尋ねたきこととはなんですか」

「駿太郎様のお父上はいつも一文銭をたくさんお持ちですか」

「麗衣子様、本日私ども親子は、深川にて研ぎ仕事をしてまいりました。深川辺りでは研ぎ代を一文銭で払われるお客が多いのです。われらの本日の稼ぎは五百二十七文でした。そんな貴重な銭を四文もあの者たちに使ってしまったので、父は嘆息したのでしょう」

駿太郎が自分たちの仕事を手短に告げた。

「天下の酔いどれ小籐次様は須崎村の望外川荘にお住まいとか。それでも研ぎ仕事を続けておられますか」

「はい、それが父とそれがしの本業にございます。驚かれましたか」

「はい」

と麗衣子は正直に答えた。

いつの間にか長岡藩牧野家の抱屋敷が見えてきた。

「駿太郎様、父上に会って頂けませぬか。礼をしとうございます」

「麗衣子様、父もそれがしも礼を受けるほどのことはしていませんよ」

との駿太郎の返答に麗衣子が寂しそうな表情を一瞬見せた。

「麗衣子様、片桐家と望外川荘はさほど離れておりませんよ。いつなりとも遊びに参られませんか。きっと母は麗衣子様にお会いできれば喜びましょう」

「駿太郎様の母上は歌人と聞いております。麗衣子が遊びに参って迷惑ではありませんか」

麗衣子は近くに住む赤目家のことをあれこれと承知していた。

「父上もそれがしも和歌にあまり関心がありませんので、母上は寂しがっています。麗衣子様と母上との話が合えば、われらは助かります」

と駿太郎が正直な気持ちを告げると片桐麗衣子がにっこりと微笑んだ。

二

翌朝、駿太郎がいつもの如く庭の野天道場で朝稽古をして、湯に浸かり、朝餉を一家で食し終えたとき、望外川荘の表口に人の気配がして、子次郎が応対に出て座敷に訪問者を招きあげる気配がした。知り合いならば囲炉裏端に通すはずだ。

「どなたかな」

と小籐次が呟き、

「朝早くからお見えになるお方に母上、心あたりございますか」

駿太郎が質すと、おりょうはただ頷いて微笑みの顔で言い添えた。

「駿太郎のお客人かと思います」

「それがし、にですか」

というところに子次郎が姿を見せて、

「酔いどれ様よ、おまえさんに一斗樽の土産だぞ。客は座敷に通しておいたわ」

「なに、駿太郎ではのうて、わしに客人か」

と小籐次が首をひねり、おりょうが、

「昨夕、おふたりしてなんぞ為されませんでしたか」

「ああ、まさか」

と駿太郎が声を上げ、

「父上、片桐麗衣子様がたではありませんか」

「朝早くからなんであろう」

「おまえ様、礼を申されに片桐の殿様とお姫様のおふたりがお出でになったのです。ささっ、早くふたりしてお迎えなされ。私は茶を仕度してすぐに顔を出します」

とおりょうに言われた父子は座敷に向かった。

望外川荘の開け放たれた縁側越しに片桐伊予守《いよのかみ》らしき人物と娘の麗衣子が座って庭を見ていた。

庭先では赤目家の犬二匹が初めての客人に関心を寄せながら走りまわっていた。

なんとなく雪が降りそうな年の瀬の朝だった。

「おお、片桐の殿様、なんぞ御用なれば、お呼び頂ければわれらが参りましたものを」

と小籐次が言い、

「赤目小籐次どの、お初にお目にかかる。小普請支配片桐依臣《よりおみ》にござる」

と向き直って応じた。

小普請支配は公儀のそれなりの重臣であり、三千石高だ。

「おお、なんぞ差しさわりがござったかな、片桐様」

「差しさわりなどとんでもござらぬ。わが娘と女中のふたりを不届き者から助けて頂いたと聞き及び、朝早くとは存じたが、かよう参上仕った」

「片桐の殿様直々にお見えになるようなことを、わしも倅もしておりませぬがな」

「いえ、娘から事の次第を聞きましてな、なにはともあれお礼に」

と重ねていうところにおりょうが姿を見せ、

「麗衣子様、よう望外川荘にお見えになりましたね。駿太郎から昨夕聞いておりました。お美しい姫君にお会いしたと」

「えっ、駿太郎様がさようなことを、おりょう様にお告げになりましたか」

麗衣子がおりょうと駿太郎の親子を交互に見た。

「はあ、それがし、初対面の娘御のことを母上にさようなことまで申し上げましたかな。ううーむ、もしや上気してさようなことを口走ったのでしょうか」

と自分の言葉を思い出そうとしながら述べた駿太郎に、

「そなたとしては珍しくも確かな見立てです。いえ、それ以上に美しい姫君様ですよ」

とおりょうが言い、麗衣子はどう親子の問答に加わってよいか分からぬ、といった表情を見せた。

「おまえ様、この季節、縁側越しに庭を望む座敷ではいささか寒うございましょう。なんとなく雪が降りそうです。どうでしょう、片桐の殿様と麗衣子様のご両人、囲炉裏端にお招きしては失礼でしょうか」

とおりょうが小籐次に問うた。

「母上、寒さに麗衣子様が風邪などお引きになってはなりませぬ。この家は台所の板の間のほうが温こうございます。それとも初めての客人に非礼にございましょうか」

駿太郎が懸念の表情で最後は訪問者ふたりに問うた。

「なになに、酔いどれ小籐次様の囲炉裏端にわれら親娘を招いて頂けるか、なんとも有り難いことでござる。非礼などあろうか、駿太郎どの」

と片桐依臣も気さくに応じた。

そんなわけで表の寒さと変わりない座敷から広い台所の板の間の囲炉裏端に案内されていくと、すでにふたりの座が設けられていた。

小籐次がにっこりと笑って小籐次に一斗樽を見せた。

「おお、なんともこちらは気持ちのよい囲炉裏端にござるな。酔いどれ様の一献傾ける夕べの姿が目に浮かびますぞ。望外川荘には上様もお鷹狩の帰りに立ち寄られたとお聞きしていますが、まさかこの囲炉裏端まではお上がりではございますまい」

「あの折りは馬上にて狩の帰路、ご家来衆も大勢おられましたし、日和も穏やかでした。ゆえにご両人が最前庭を眺めておられた座敷で食事をしていかれました」

「上様が座敷で、われら親子はかように酔いどれ様ご一家の『奥の院』にお招きですか。ううーむ、上様にお目にかかった折り、それがし、自慢致してようございますかな」

「片桐様、台所に接した板の間の囲炉裏端がわが家の『奥の院』にござるか。お持ち頂いた一斗樽は、次に参られた夕餉の折り、酌み交わしましょうかな」

「おお、麗衣子、酔いどれ様から次のお招きがあったぞ。なんとも喜ばしきことかな」

「父上、ようございましたね」

と娘が喜び、おりょうと駿太郎の顔を見た。

「母上、麗衣子様が案じておられますよ。お酒の席には十四歳の娘御はいささか早うございましょうね」

「いえ、数日後には十五歳になります」

と麗衣子が慌てて言い添えた。

ふっふっふふ、と微笑んだおりょうが、

「うちでは十八歳の駿太郎が酒席に座すことはございますが酒は口に致しません。父親の異名は酔いどれ小籐次ですが」

「はい。それがし、父上とは異なり、酒は未だ嗜みません」

「ならば、そなたらふたり、その折りはこの界隈を散策なりなんなり、なされませ」

とおりょうがいうところに、

「その折りは、この姉も加えて下さいまし」

と薫子がそろりそろりと孑次郎に手を引かれて板の間に姿を見せた。この日、孑次郎は大忙しだった。

「駿太郎様の姉上様ですか」

麗衣子が訝しげな表情で薫子を見て、

「麗衣子様、先ほどはお迎えできず申し訳ありませんでした」

と反対に薫子が詫びた。

「姉上、麗衣子様の声音、どうお聞きになりましたか」

「ふっふっふふ。弟よ、案じなさいますな。声音には人柄やら顔立ちまで表れます。このお方以上の姫様とお会いするのは難しゅうございます」

と言い切った。

「有り難うございます」

と麗衣子が応じて、

「駿太郎の姉の薫子です」

と名乗ったとき、

「おお」

と片桐依臣がなにかに気付いたように漏らした。

「父上、なにか」

「いや、間違いであろうか」

とつぶやいた。

「片桐様、ご思案、恐らく間違いではございませぬ。私、四年前まで麗衣子様と同じく直参旗本の三枝《さえぐさ》家の娘でございました。父の三枝實貴《さねたか》の不手際にてお家取り潰しに遭いましたが、縁あって赤目家の身内に加わり、駿太郎の姉として遇されております」

「確か三枝家は直参旗本では最高位でござったな。さようか、赤目家は三枝家とも縁がござったか」

と片桐が言った。

文政の世、大身旗本のお家取り潰しは稀有《けう》なこと、同じ直参旗本の小普請支配の片桐が三枝薫子と聞いて、察したのは当然のことであった。

「はい、薫子にはわれら一家、三河国の所領地で世話になりましてな、ただ今ではわが望外川荘の一員にございますよ」

と詳細はぼかして小籐次が説明した。

「いやはや、赤目家には多彩な方々がおられますな。われら、片桐家の親子もそのなかに加えてくだされ」

と片桐依臣が願った。

「姉上様、駿太郎様とこの界隈を散策する折りは、ぜひいっしょに参りましょう」

と麗衣子が誘うと薫子が、

「弟よ、姉が加わってもようございますね」

「むろんです。それにしても三枝家があと数百石足せば大名家に昇格する大身旗本、片桐家も三千余石なのに、扶持米なし、研ぎ仕事で身を立てるわが家にお姫様がふたりも集まってこられる。どういうわけでしょうね、薫子姉」

「駿太郎、金子というもの、有るゆえに減り、ときに不始末にて身分を失することにもなります。酔いどれ小籐次様が主の望外川荘は、元々禄などありますまい。潰れた旗本家の家人たちは、父上の酔いどれ様のように気遣いもあって豪胆で気概のある人物のところに寄り集うものです、なんら不思議はありません」

と薫子が自らを顧みて言い切り、子次郎が、うんうんと頷いた。

駿太郎も麗衣子も返事が出来ず、無言だった。

「そうか、おれは金子を持っていたゆえ、なんとなくだが、赤目家の望外川荘の居候をしておるか」

と子次郎が得心したように言った。そんな気楽な口調に、

「そなたは大金持ちですか」

と麗衣子が思わず問うていた。

「へえ、時に千両箱が積んである分限者の蔵に忍び込み、運べるだけの小判を持ち出したことがないわけではございませんや。ところがね、薫子様が申されるようにさような金子はたちまち霧散してしまい、その結果、望外川荘の居候の身に落ちましたな。いや、落ち着いたというべきか」

子次郎の言葉に麗衣子が首を傾げ、

「そなたのお仕事はなんですか。この家の下男ではないのですか」

と質した。

「おれの仕事ですかえ、盗人なんだよ、いやさ、盗人だったんだ。近ごろはおれの名を騙る野郎がいるがね、お姫様さ」

「ぬすっとって」

「盗人を知らねえか。おれも大したことやってねえな。麗衣子姫様よ、鼠小僧次郎吉って盗人を知らねえか」

「盗人さんなの、次郎吉さんは」

「盗人に、さんは要らねえな。そう、おれの本業は盗人でね、鼠小僧次郎吉ってケチな野郎なんだよ、お姫様さ」

「な、なに、赤目家にはあの大泥棒鼠小僧次郎吉まで居候しておるか」

片桐依臣が驚きの声を漏らした。

「父上、鼠小僧次郎吉って大泥棒さんをご存じでしたか」

麗衣子は依臣が、うんうん、という風に頷くのを見て駿太郎に視線を移した。依臣の顔に戸惑いを見たからだ。

「麗衣子様、望外川荘の屋根裏の隠し部屋にそれがしの寝所がございます。そこへこの子次郎さんが入り込んできて居候を決め込んでおります」

「駿太郎様の部屋に大泥棒さんが居候だなんて考えられません。そうでございますよね、父上」

と麗衣子が同意を求め、

「ほうほう、酔いどれ小籐次どのの住まいには公方様から大泥棒まで縁がござるか。こちらの一件は、さすがに家斉様には申し上げられないな」

と依臣が嘆息した。

「駿太郎様、私、鼠小僧次郎吉さんが居候する駿太郎様のお部屋が見とうございます。どちらですか」

ううーん、と唸った駿太郎が、

「姉上にも隠し部屋に上がってもらいましたね。ならば、いいか」

玄関から右手の内回廊に向かい、台所へと曲がったところにある隠し階段を引き出すと、

「麗衣子様、かような狭い階段を上がることが出来ますか」

「はい、わたし、村の別宅の周りの大木に幼き折から攀《よ》じ上ったり、枝にぶら下ったりして遊んでいましたから、大丈夫ですよ」

「ならば、それがしのあとに従って下さい」

駿太郎が隠し階段を上がり、姫が続いた。

「あら、なにも見えないわ」

切妻屋根の三角の風入れの扉が閉じられていて真っ暗だった。

「ちょっとお待ちください。動いてはなりませんよ。階下に落ちたら怪我をしますからね」

駿太郎は注意すると、手際よく火打石で付け木に火を点し、行灯《あんどん》に移した。すると広々とした隠し部屋が麗衣子にも見えた。

「ああ、なんとも広い隠し部屋ですこと。鼠小僧次郎吉さんが居候する気持ちが麗衣子にも分かります」

と言い切った。

「少し寒いかもしれませんが風を入れますよ」

高さのある三角屋根の両方の妻側に設けられた風入れ二か所の扉を駿太郎が開いた。

麗衣子が風入れから表を見て、

「ああ、雪が降り始めましたわ。なんて美しい景色なんでしょう」

とうっとりと須崎村に降る雪景色に眺め入った。

「片桐家の屋敷はさほど離れていませんよ。景色は変わりないでしょう」

「駿太郎様、望外川荘の屋敷はなんとも大きゅうございます。このように高い隠し部屋から眺める光景は大いに異なります。いいな、子次郎さんたら」

と麗衣子が思わず漏らした。

「姫もわが隠し部屋に同居したいですか。さすがにお父上やお母上がお許しになりますまい」

駿太郎の言葉に麗衣子が不意に黙り込んだ。

「やはり隠し部屋などに招じたのはよくありませんでしたね」

と駿太郎は呟いた。

それでも沈黙を続けていた麗衣子が意を決したように口を開いた。

「駿太郎様、母上は麗衣子が四つの折りに流行り病にて身罷りました。そのあと、女中衆の世話で育てられたのです」

「えっ、それは存じませんでした。迂闊なことを申しましたね」

「いえ、駿太郎様には麗衣子のことを少しでも知ってほしいのです。なんでもお聞きください」

「ならばお聞きします。新しい養母御《ははご》が江戸の屋敷におられますか」

「いえ、父上はわたしのことを思ったか、後添いをお迎えになりませんでした」

「そうでしたか。麗衣子姫がわが母を慕われるのはそのせいですか」

「はい。わたし、おりょう様の娘になりたいのです」

「えっ、ということは駿太郎の妹ということになりますね。姉は薫子、妹は麗衣子姫か」

「いけませんか、駿太郎様」

「いえ、少し驚いただけです。望外川荘の赤目家はどんどんと身内が増えるな」

駿太郎は願望を込めた本心を隠して、そう話柄を転じていた。駿太郎にとって薫子を筆頭に年上の「姉」が多かった。初めて年下の麗衣子が「妹」になった。

(数年後、麗衣子様が想い娘になったとしたら)

そんな駿太郎の気持ちを麗衣子が察したかどうか、

「わたしの母上はおりょう様で、兄上は駿太郎様」

と呟いた。

そして、段々と激しく降る雪景色を麗衣子と駿太郎のふたりはいつまでも眺めていた。

「麗衣子姫様は江戸の本邸と、この村の別宅とどちらの暮らしが好きですか」

駿太郎は不意に手を摑まれて、麗衣子がもう一方の手で雪が降る景色を差すのを見た。寒さのなかに麗衣子の温もりがそこはかとなく駿太郎に伝わってきた。

「駿太郎様、麗衣子と呼び捨てにしてください。わたし、妹です、身内ですもの」

「いかにも身内でしたね。この景色が見たければいつでもお出でなさい。駿太郎も母上も父上も待っておりますよ」

「よかった」

と漏らした麗衣子が片手で握っていた駿太郎の手にもう一方も添えた。

「それがしの手が冷たくはないか」

「いえ、温こうございます」

「この雪景色のなかでか」

「はい。雪の寒さより駿太郎様の手の温もりが伝わって、麗衣子には温かいです」

と言ったとき、

「おーい、駿太郎さんよ、隠し部屋から吹き込む寒さが囲炉裏端にもおりてくるぞ。この雪は、酔いどれ様がいうには正月まで残るとよ。扉を閉めて階下へ降りてきな」

と子次郎の呼びかける声がした。

「大泥棒の次郎吉さん、ただ今参ります」

と返事した麗衣子が名残り惜しそうにいまいちど雪景色に視線をやり、

「お正月もお邪魔していいですか」

「妹よ、われらは身内でなかったか」

「はい、身内です、兄上。それとも」

「それとも、なんだ」

駿太郎の反問に麗衣子は握っていた両手を放し、大きな駿太郎の体に抱きついた。

三

須崎村に、いや、大川の両岸を真っ白に染めて雪が降り続いていた。

駿太郎は、足袋を履き、藁靴を履いて望外川荘の庭で木刀を揮っていた。そんな駿太郎の周りにはクロスケとシロが常にいて飛び回っていた。

大晦日の夕暮れだ。

動く者は駿太郎と二匹の犬だけだった。

稽古を終えた駿太郎は日課の薪割りをした。その薪で子次郎が風呂を沸かした。

「駿太郎さんよ、江戸じゅうがこの大雪だ。だれも身動きつくまいな」

「久慈屋さんはどうしていますかね」

「師走の商いも無理だよな。正月どころじゃないぞ。芝口橋も往来する人々はいねえな。明日の御三家の初登城も大変だぞ」

と子次郎が言い、

「おおそうだ。酔いどれ様が蛙丸に苫《とま》屋根を掛けておけというておったぞ」

「うむ、父上は、この界隈の様子を確かめたいのかな。いや、待てよ、川向こうの見廻りに行きたいのだろうか」

「そうかもしれないな」

「子次郎さん、苫屋根を掛けるのを手伝ってください」

と願うと、

「あいよ」

と子次郎が受けて、納屋に保管されていた苫を船着場まで運び、研ぎ舟に屋根をかけ、その下に炬燵《こたつ》を入れた。あとは炭を入れれば雪が降っていようと、年寄りの父親も寒さに耐えられると駿太郎は思った。

ふたりが母屋に戻ると、小籐次が綿入れの上に蓑《みの》を重ね、菅笠を被っていた。その破れ笠には、酔いどれ小籐次の飛び道具、久しく使っていない竹トンボが二本差してあった。どうやら過日、一文銭を四枚投げ銭して失ったことを悔いてのことらしい。

「父上、川向こうの様子を見に行かれますか。それで湯に入られませんでしたか」

「おお、湯に入ると却って身が寒かろう。町場の様子を確かめてな、須崎村に戻ったあと、ゆっくりと大つごもりの湯に浸かるわ」

「蛙丸の乗り手は父上だけですね」

「そなたとふたりだけで大川を下ろうと思うてな。帰りもふたり船頭ならばなんとか望外川荘に戻ってこられよう、あるいはどなたかが同乗してくるやもしれぬ。駿太郎、そなたも濡れた稽古着を乾いた衣服に代えて菅笠と蓑で固めよ」

と言った。

「子次郎さん、われらが戻るまで望外川荘をお願いします」

と頼むと駿太郎も身支度を整えた。

大川と湧水池を結ぶ水路には、雪の塊が浮いたりしてはいないが水面は白っぽく見えた。天から落ちてくる雪で視界も一面塞がれていた。

「駿太郎、わしが舳先で前方を眺めておるわ。船足は遅くともよい、用心するのじゃぞ」

と言った小籐次が炬燵のある苫屋根から雪にさらされる舳先に出ようとした。

「父上、せっかくの炬燵からお出になるのは、馬鹿げておりますぞ。それがし、蛙丸の艫から十分に行く手が見えております」

駿太郎が小籐次を引き留めた。

「そうか、そなたなら苫屋根越しに前方が望めるか」

と小籐次がふたたび苫屋根の下に潜り込むと、不意に蛙丸の舳先に二匹の犬が飛び込んできた。むろんクロスケとシロだ。

「おお、わしの代わりにクロスケとシロが見張り役を務めるというか」

「父上より二匹のほうが確かでございましょう」

駿太郎がいうと愛犬たちが、任せておけと言うようにワンワンと吠えた。

蛙丸が大川の流れに出た。

研ぎ舟の後ろから筑波下ろしが吹き付けて船足が急に増した。その舳先ではクロスケとシロが低い姿勢で伏せて、前方を凝視していた。

「クロスケ、シロ、なんぞあれば吠えるのだぞ」

駿太郎が命じると、シロがウオーと応じて合点した。

さしも広い隅田川にこの大雪だ。一艘の舟も見当たらなかった。だが、山谷堀の合流部の今戸橋の下から一艘の屋根船が不意に姿を見せた。その船から三味線や締太鼓や笛の調べが漂ってきた。

吉原に大晦日の稼ぎに行った芸人を乗せた船のようだ。いくら大晦日とはいえ、御免色里も客はいないのか、やけくそ気味に楽器を奏し、大声で歌っていた。

「おお、仲間がいやがったぞ」

芸人を乗せた屋根船の船頭が叫んだ。

クロスケとシロが、ワンワンと景気よく吠えた。

「なに、犬っころが乗ってやがるか」

「はい、船頭さん。われら、須崎村の望外川荘の者です。父上が川向こうの様子が気になると申されて見廻りに行くところですよ」

「なんだよ、酔いどれ小籐次様の御座船の研ぎ舟か。駿太郎さん、親父さんの思い付き、ご苦労なことだな」

「お互い様です。柳橋に戻られますか」

「おお、いくら大晦日、明日は正月元旦というても、この大雪ではな。だれもが商いも出来ねえよな」

と船頭が応じて、

「ようし、天下の酔いどれ小籐次様の江戸見廻りだ。わっしらも景気をつけようぜ。酔いどれ様よ、お顔を見せねえな」

と太鼓方に声を掛けられた小籐次が苫屋根からのそのそとはい出し、顔を突き出すと、

「おお、確かに酔いどれ小籐次様だ。おい、なんともしけた大晦日だが、酔いどれ親子に賑やかしだぞ」

と大雪に抗して声を張り上げると太鼓を叩き出した。するとクロスケとシロが、ワンワンワン、と吠えて芸人衆に同調した。

「ほれほれほれほれ」

小籐次も前帯に差していた白扇を抜いて広げると芸人衆に合わせて、即興の歌の如きものを歌い始めた。

「天保二年大晦日
　雪は降るふる江戸に降る

こりゃまたどうしたことかいな
エイヤサ、エイヤサのサー」
「ああー、コリャコリャ」
酔いどれ小籐次の歌に芸人衆が張り切って、
「一年一度の舞い納め
われら二艘で年納め
エイヤサ、エイヤサのサー」
「ああー、コリャコリャ」
「酔いどれ小籐次、駿太郎
めでた、めでたの
天保二年、歌い納めじゃぞ」
と賑やかに小籐次が扇子を振り回し、研ぎ舟に立ち上がった。
そのとき、二艘並んだ研ぎ舟蛙丸と芸人衆の船は、神田川の合流部に接近していた。
「おい、船頭さんよ、もう少し船を寄せてくれぬか」
と願った小籐次が、

「芸人衆よ、細やかな祝儀だ。二枚の小判、船頭さんと分けてくれまいか」

と二両を投げ込んだ。

「おお、こいつは春から縁起がいいわえ、と言いたいが、ちと早いな。大晦日に酔いどれ小籐次様から祝儀だよ」

と二枚の小判を雪が降る虚空に翳した。

「酔いどれ様、公儀に代わりて江戸の見廻り、頼みましたぜ」

と叫ぶ芸人たちを乗せた屋根船と別れた。


研ぎ舟蛙丸を芝口橋北詰の久慈屋の船着場に寄せたとき、見習番頭の国三《くにぞう》らが芝口橋の雪かきをしていた。

「ああー、大番頭さん、須崎村から赤目様親子が二匹の犬を乗せてみえましたよ」

と小僧が叫んだ。

「ご一統、ご苦労さまです。それがしも手伝いますよ」

駿太郎が舫い綱を棒杭に結わえて、

「父上、久慈屋さんでは国三さんがたが芝口橋の雪かきをしておられます」

「おお、さすがは久慈屋かな。橋の雪かきか。往来する人が助かろう」

小籐次が苫屋根の下から姿を見せて蛙丸から船着場に上がった。するとクロスケとシロまで飛び上った。

「待て、クロスケ、シロ。須崎村ではないのだ、町なかで騒いではならぬ」

と駿太郎が傍らに呼び寄せると、

「大丈夫ですよ。往来する人はまるでおられません。それにしても天には無尽蔵に雪がありますね。掻《か》いても掻いてもなくなりません」

と国三が苦笑いした。

駿太郎は小籐次といっしょに河岸道に上がり、小籐次だけが半分戸を下ろした久慈屋に向かった。久慈屋の商品の紙を納めた内蔵は扉がぴたりと閉じられて、なかには湿気を吸い取る炭俵がいくつも置かれているはずだった。

土間ではかんかんと炭が熾《おこ》っているらしく熱気が外にもれてきた。

「おお、ここは極楽かな」

と小籐次が火鉢の側に寄った。

一方、駿太郎は二匹の犬といっしょに芝口橋に立った。

「最前から幾たびも雪を堀の流れに落とすのだけど、すぐに雪がこのように積み上がるんです」

「よし、それがしが積み上がった雪を堀に落としますからね」

久慈屋が何年か前の大雪の折りに特注した鋤《すき》、柄の先が平らになっている道具で橋の上から堀の水面へと駿太郎は落とし始めた。

堀の上流から雪の塊が浮かんで流れてくるのは、武家屋敷などが雪を堀に投げ込んでいるからだろう。

芝口橋は品川宿へと続く東海道の一部だが、この大雪に往来するひとは見かけなかった。ためにクロスケもシロも橋の上を走り回っていた。時に飛脚屋が、

「おお、久慈屋さんの手代さんがた、ご苦労だな。助かるぜ」

と言いながら通っていった。

「国三さん、大つごもりですが、さすがに掛取りも仕事になりませんね」

「よそ様は知りませんが、うちでは支払いは昨日のうちに済ませ、次の取立てはお盆回しと大番頭さんから指図がありました。さすがに今日はお互い様です。年明けに商い再開ですね」

「そうか、そうですよね。大雪相手に支払いも取立ても我慢ですね」

「どうです、望外川荘は借財の取立てがくるほうですか。それともどこかに取立

てにいくほうですか」

「うちですか。さあて、本業は研ぎ屋です。そうだな、久慈屋さんの店先をお借りしていますから、久慈屋さんから取立てがきても不思議はありませんね。うちが取立てにいくところなどありません」

「酔いどれ様の店前の研ぎ場は、うちの看板だというのが大番頭さんの口癖ですから取立ては生じませんよ」

というところに品川の方角から足拵《ごしら》えをしっかりと固め、菅笠に蓑を着こんだ武家方の一団が姿を見せた。一同は抜き身の鑓や長刀《なぎなた》を携え、柄を雪のなかに杖代わりに突き刺しながら、

「どけどけ」

と陣笠の先導方が国三らに怒鳴った。

「城中へ出仕でございますか。ご苦労に存じます」

と国三が身を欄干に寄せながら応じて、首を捻った。公儀の奉公人、つまり直参とはとても思えなかったからだ。

「われらがどこへ参ろうと町人どもの知ったことか」

と喚いた先導方が、

「うーむ、こやつらの店は開いておりますぞ、相良《さがら》どの」

と一団の中ほどにいた男に向かって叫んだ。

その相良どのが一味の頭領か、なんとも派手な形《なり》だった。南蛮風の真っ赤な防寒具《マント》の襟を立て、頭には金色の角が二本突き出た兜を被っていた。足元もひとりだけ革の長靴を履いていた。

「店が開いておるとな。なんの店か」

と相良が問い返し、先導方が国三を見た。

「お武家様がたは芝口橋の北詰の紙問屋久慈屋をご存じではありませんか」

「なに、紙問屋だと」

と応じながら兜をかぶった相良が橋の中ほどへよろよろ歩いてきて、

「どうだ、こやつらの店に押し入り、借金を取りたてて早々に鉄砲洲《てっぽうず》に舫った五百石船に引き上げようか。この雪で先に進むのは厄介だぞ」

と言い出した。

「おまえ様がたは一体何者ですね。うちは怪しげな面々から借金などありませんぞ」

と国三が言うと相良は、

「そのほうの店の蔵に積まれた金子はわれらの貸金である。ご一統、早々に仕事をして船に戻るぞ」

と言い放った。

「駿太郎さん、驚いたな。この大雪の大晦日に海賊だか盗賊だか知らないが、武家方に扮した押し込みの一団ですよ」

と国三が言った。

「大雪は妙な連中まで江戸に招きましたか」

と鋤を手にした駿太郎が一同を見た。

ふたりして平然としたものだ。

「国三さん、一応お店にお知らせされたほうがよかろう」

十八歳の駿太郎が言い出し、自らは不逞の輩の前に立ち塞がった。

「そのほう、刀を差しておるな。浪人者が雪かきか」

「まあ、そんなところです。お手前がたは押し込み強盗ですよね」

駿太郎が一団と問答をする間に国三ら奉公人たち五人が橋の北詰にゆっくりと下がり、小僧の伝吉が店へと駆け込んでいった。

「われらが押し込み強盗かどうか、そのほうらの店に千両箱があるかどうかによるわ」

「はあっ、お手前がた、ぬけぬけと仰《おつしや》りますね。この芝口橋の向こうは江戸で名だたる老舗大店ばかりでしてね、町奉行所の与力・同心の組屋敷も近くにあります。どうですね、そなたら、道化芝居を演じた心算で鉄砲洲の船へと早々に引き上げなされては」

「おのれ、若造、許さぬ」

と相良が怒鳴ったところへ破れ笠を被った小籐次がひょこひょこと姿を見せた。

「駿太郎、こやつらが押し込み強盗というのか」

「父上、そのようでございます。天保二年の大晦日、大雪が降るだけではのうて、押し込み強盗も登場です」

「確かに妙な大つごもりよのう。お主ら、ただ今、久慈屋の手代が御用聞きの家に報せに走っておるわ。町奉行所の役人衆も連れだって駆けつけようぞ」

「なに、町奉行所の役人だと。よかろう、一気に店に押し入って千両箱を持ち出すぞ」

と相良が言い放った。

「止《や》めよ止めよ。牢に押し込められるぞ」

と小籐次が警告した。そこへ国三が、

「難波橋の秀次親分さんに報せましたよ」

と言いながら店から戻ってきた。

「となるといくらこの大雪とは申せ、御用聞きどのがたが直ぐに参られるぞ」

というところに慣れぬ藁靴を履いた秀次親分がえっちらおっちら姿を見せた。

「酔いどれ様、こやつらですか。押し込み強盗は」

と前帯に差した十手を抜くと、構えてみせた。

「こやつが江戸の十手持ちだぞ。われら、さっさと事を済ますか」

と頭領の相良が言うと、そばにいたひとりが、

「相良どの、いささか気にかかることが」

「雪のなか、帰り路か、案ずるな。ほれ、橋下に荷船も屋根船も無数止まってお
るわ。われら、それに千両箱を積んで江戸の内海に出て五百石船に乗り込む」

「いえ、そのことではありません、相良どの」

「ならばなんだ」

「相良どのの目の前の爺の正体でござる」

「爺がどうした。一ツ柳、井上、そなたら、鑓の柄で爺を叩きのめせばよかろ

う」

と頭領が応じて、名を呼ばれたふたりのひとりが、

「御用聞きが、『酔いどれ様』と呼びかけましたな。まさか酔いどれ小籐次ではありますまいな。相良どのは酔いどれ小籐次なる者をご存じないか」

と頭領に糺した。

四

「知らぬ、何者か」

「傍らの背高のっぽが、酔いどれ小籐次の倅の赤目駿太郎と見ました。ならばそれがし、酔いどれ親子と戦う気は起りませぬ。これにて一味を離れます」

と言い切ると仲間が、それがしも、それがしも、と数人が抜けた。そして、最前苦労して歩いてきた増上寺の方角へと向かって戻り始めた。

そんな内輪もめを難波橋の秀次親分はにやにやと笑いながらみていた。そこへ読売の書き方兼なんでも屋の空蔵が大雪のなか、姿を見せて、

（しめた）

という体で橋の騒ぎを見た。

「うーむ」

と相良某が父子に注意を改めて向けた。

「爺、そのほうは酔いどれなにがしか」

「おお、そう呼ばれることもあるな」

「紙問屋と関わりがあるか」

「ふだんは久慈屋の店先で研ぎ仕事をさせてもらっておるで、久慈屋にはえらく世話になっておるな」

「その程度の関わりか。久慈屋の内所はどうだ、承知か」

「それはうちの内所とは比べようもあるまい」

「そのほうの懐具合と比べおるか、ううむ」

と唸った相良が、

「そのほう、紙問屋の蔵のなかに千両箱がどの程度積んであるか、知っておるか、どうじゃ、爺」

「うーむ、千両箱が積んであるかどうかとわしに尋ねおるか。秀次親分、久慈屋の蔵にいくつ千両箱が積んであるか、そなた、承知かのう」

「おうさ、酔いどれ様よ。何年も前に見た折りは蔵の壁一面にうずたかく積まれてあったな。十や二十では利くまいな、ひと桁ふた桁数が上かな」

と秀次がいい加減な返事をし、

「ならば二、三個頂戴しても差し支えないな」

と相良某が秀次親分に負けず劣らず無責任な返答を為した。

空蔵は、

（こりゃなんだえ。道化芝居か、本気の押し込み強盗か）

と迷っていた。だが、口を挟まなかった。

一方、さすがの秀次親分も、しばし間を置いた。そして、読売屋の空蔵が騒ぎに加担する気配を知った。どう空蔵を利用しようかと考えながら、

「おめえさん、在所はどこだえ。まさか異国から江戸に紛れ込んできたわけじゃねえだろな。歳には不足はあるめえ、押し込み強盗がどんな罪か知らぬわけでもあるまい。こうしてよ、天下の酔いどれ様の父子とな、不肖難波橋の御用聞きの秀次がおめえの前に立ち塞がっているんだぜ。このまま雪のなか、わっしらが知らぬところに引き返さねえか」

と秀次が懇々と惚《とぼ》けた押し込み強盗を諭《さと》すと相手は、

「十手持ち、わしの生れは但馬国出石藩領《いずし》でな、姓名の儀は相良主水正実富《もんどのかみさねとみ》である」

とまともな答えが返ってきた。

「ほうほう、大した名だね、偽名だな」

と呟いた秀次が、

「但馬のいずし藩なんて赤目様承知か」

と訊いた。

「訪ねていった覚えはないな」

「だよな」

と応じた秀次が、

「いずし藩なる江戸藩邸はどこだえ」

「わしは家臣ではないで、江戸藩邸はしらぬな」

「やはりそうか」

いずし藩などこの相良某の出任せと決めつけた。

だが、出石藩の創始は徳川幕府の開闢前の文禄四年（一五九五）、小出吉政によってなされ、無嗣断絶により松平家、仙石家が入封し、幕末まで出石藩仙石家はたしかに存在したのだ。ちなみに秀次が問うた出石藩上屋敷は、なんと芝口橋近くの神谷町にあった。

そのことをなぜか秀次も赤目小籐次も思い付かなかった。それほど地味な大名家であったのだろう。この出石藩の上屋敷をさすがに空蔵は承知していた。だが、この騒ぎの最後の登場者だ、もうしばらく黙って問答を聞くことにした。

出石藩など、はなっから存在しないと思い込んでいる秀次親分は早々に話柄を変え、

「剣術《やっとう》のほうはどうだえ」

とこんどは十手の柄を両手に握り、刀を構えた真似をして相良主水正に問うた。

大雪のなか、長談義になった。

押し込み強盗を為すというのに相良の気性の惚けた味のせいか、きりきりとすることもなく、秀次は相良に付き合っていた。

「なに、やっとうとな。おお、剣術のことか。三間坂治兵衛《みまさかじへえ》先生に直心影流、宿《や》内《ない》九太夫師に鉄矢流居合術を習い、両方とも免許皆伝を頂戴しておるぞ」

「ほうほう、なかなかの流儀のようだな。ううーん、駿太郎さんや、おまえさんが相手をしてみるかえ」

と秀次が冷やかし気味に問い、

「鉄矢流居合術は初めてお聞きしました」

と駿太郎が喜びの表情で応じたものだ。

(やった。雪のなか出てきた甲斐があった)

と空蔵は胸のなかで快哉を叫んでいた。

「おい、そなたら、なんぞ勘違いをしておらぬか。われらはあの紙問屋に押し入る覚悟、雪が積もった橋の上で剣術の稽古などする暇はないぞ」

と相良が言い切ったが、さほど焦っている風はない。

「だからよ、わっしら三人を満足させねえと久慈屋には辿りつけないんだよ。ほれ、また一段と雪が激しくなったぜ」

秀次が天を見たが、こちらもゆったりと長閑なものだ。

「父上、稽古をつけてもらってようございますか」

と駿太郎が念押しした。

「おう、よかろう。駿太郎、相良主水正どのに稽古をつけてもらえ、されど、この惚け者と一味、力はなかなかとみた」

と小籐次が空蔵を見ながら駿太郎に注意した。

　すると、うんうん、と相良主水正が満足げに頷いた。

「相良様にお願い申します」

　と鋤を捨てた駿太郎に国三が久慈屋から持ち出してきた木刀を渡した。

「有り難う、国三さん」

　真剣勝負を前になんとも長閑な様子を相良主水正の下に残った手下たちが見て、腹心の一ツ柳ら数人が一味から離れたことを考え合わせ、

（どうしたものか）

　といった風情でお互いの顔を見た。

「相良主水正様、お手合わせお願い申します」

　駿太郎が改めて丁寧な声音で乞い、

「われら、先に久慈屋に押し入るでな。そのほうとの立ち合い、稼ぎを果たした手下どもと、そのあとに存分に致せ」

　と平然と言い返した。

「相良様、そう申されずに四半刻ほど稽古を致しませぬか。そのほうが体は温まりましょうし、押し込み強盗も気分よく働けますよ」

「われら、紙問屋に押し入るというておろうが。ほれ、あちらの店の開いた戸口

から熱気が表に出ておるわ。火鉢がかんかんと熾っているに相違なかろう。そのほう、われらの寒さの心配など気に致すな」

なんとも珍妙な問答だった。

どう考えても押し込み強盗の迫力が感じられなかったし、対応する駿太郎もとんちんかんだった。

さすがの空蔵も問答の行方が読売のタネになるのかならないのか迷っていた。

「暇がありませぬか。ならば手下がたとそなた様、ご一緒に稽古しましょうか」

（よしよし、それそれ）

と空蔵は思った。

正月元旦の読売のネタが大雪のなか、展開されていた。

駿太郎が蓑を脱ぎ捨て、

「お願いします」

と国三に言いながら差し出した。

「駿太郎さん、妙な立ち合いですね。酔いどれ様のご注意もございます、くれぐれも抜かりなく立ち合ってくだされ」

「わかりました」

相良の手下たちも、酔いどれ小籐次の倅に紙問屋の見習番頭が忠言するのを訝し気に聞いていた。

「ああ、雪がまた一段と激しくなりましたよ」

蓑を手にした国三がそう言って、橋の北詰に下がった。それを見た駿太郎が木刀を携えて、相良主水正と手下たちに向き合った。

「ご指導、お願い申す」

と重ねて願った駿太郎の表情が一変していた。それを見た相良が、

「致し方ないわ。いいか、時を掛けずに叩きのめせ」

「はあっ」

と返事をした手下たちだが、到底気勢が上がっているとは思えなかった。

(相手がいまひとつだな)

と空蔵はやきもきした。

「こやつ、それなりの技量と見た。いいか、油断するでないぞ。一気に攻めこんで、叩きのめせ」

と配下の十数人を赤マントの相良が鼓舞した。

「おおっ」

と頭領の鼓舞に呼応したのは半数ほどだ。

手にしていた鑓や長刀を構えた。だが、合羽や蓑を着こんで雪をかぶった手下たちは、空蔵が見たようにいまひとつ動きが鈍かった。

そこで駿太郎は毎朝望外川荘の庭で独り稽古をなすときの動きを演じてみせた。寒さを吹き飛ばすほどの迅速果敢な動きだった。さらに最後には、雪の橋の上で垂直に飛び上り、

「おりゃ」

という気合声を発しながら木刀を揮った。普段から稽古をしている大技だ。相良一味を驚かすに十分な飛び技だった。

「おお、こやつ、本気じゃぞ。いいか、押し包んで即座に動きを封じよ」

と腹心と思しき者の命が飛んで手下たちは駿太郎との間合いを詰めた。

芝口橋の南側に相良主水正が控え、その前の配下たちが、

「それっ」

とばかり得物を手に、雪が積もった橋の上に落下してきた駿太郎に一斉に襲い掛かった。

駿太郎が一瞬蓑を着た連中に囲まれて隠れた。

多勢に無勢だ。飛び降りた姿勢で対応が出来ない駿太郎がもっさりとした形の手下たちに包み込まれ、事が決着したかに、橋の北詰にいた国三らには見えた。

その直後、蓑や合羽を着た配下たちが手にした鑓や長刀を飛ばして、

「ああー」

とか、

「い、痛たたた」

とか叫びながら次々に雪が積もった橋の上に転がっていた。

国三らが間近から見た光景は駿太郎が最後に、降る雪のなかに立ち上がった姿だった。

なにが起こったのか、空蔵にも推量が付かなかった。

なにしろ相手は蓑を着て、最前からよろよろ積もった雪のなかを歩いてきたのだ。身軽にして、櫓漕ぎと雪かきで体を動かしていた駿太郎とは最初から比べようもない。そのことは見物の秀次らにも分かったが、どうすれば十数人もの武芸者たちが脛《すね》を抱えて雪の橋の上で転がり、

「足の骨が折れたぞ」

とか、

「それがし、膝を砕かれた。医者だ、医者に連れていけ」

と悲鳴を上げることになるのか。

「ご一統、軽く撫でただけです。骨が折れるほどの怪我や医者に行くほどの打撃ではありませんぞ」

と駿太郎が言い放った。

「な、なんと、呆れたわ。それで押し込み強盗に入る魂胆か。おのれら、その様《ざま》はなんだ。欄干に控えおろう」

と頭領の相良主水正が叫ぶと、南蛮風のマントを脱ぎ捨てて、反りの強い剣の柄に右手を置いた。

駿太郎の木刀に叩かれた配下の中には、相手が相手だ、厄介と見たか、這《ほ》う這《ほ》うの体でこの場から逃げ出す者もいた。

「鉄矢流居合術、拝見」

と駿太郎が叫び、木刀を八双に構えた。

(おう、これで大ネタに化けるな)

と空蔵は思った。

駿太郎の動きを見た相良主水正が間合いを詰めつつ、腰をわずかに沈めた。

間合いは一間か。

どちらかが踏み込めば生死の境を超える。

駿太郎は鉄矢流居合術を知りたいのだ。先をとる気はない。

相良の動きを待っていた。

相良主水正も最前駿太郎が配下の者たちを打ちのめした迅速果敢な攻めを見て自ら踏み込んで居合術を使うことを避けていた。

互いが後《ご》の先《せん》を狙っていた。

ために両人は塑像のように雪のなかで対峙して身動きしなかった。

時がゆっくりと流れていく。

（いつもとは雰囲気が違う）

と見たか、駿太郎の木刀に殴られた相良一味の配下はひとりふたりと芝口橋から消え去り、頭領の相良が決死の戦いを為す場に残った腹心ら三人だけが、寒さと痛みに耐えて、頭領の反撃を期待して見ていた。

戦いを芝口橋の北詰から眺める小籐次に、国三が最前駿太郎から受け取った蓑をそっとかけた。

「おお、すまぬな、国三さんや」

と小声で答えた小籐次が、

「先に動いたほうが負けだ」

と言い添えた。

国三に告げたというより、己に言い聞かせた感じだった。

長身の駿太郎の八双の構えは雪が舞う寒さのなかで微動もしなかった。

「酔いどれ様よ、どうするよ」

と難波橋の秀次親分が問うた。

「どうもこうもないわ。こうなると両人とも迂闊に動けまい」

と小籐次は同じ予想をくり返すしかない。

空蔵はしっかりと小籐次と秀次の問答を聞いていた。

そのとき、増上寺の方角からどこぞの大名家の家臣団が大雪のなか城中の様子を確かめようと藩邸を出てきたか、ゆっくりと近づいてきた。そして、芝口橋の上の不動の戦いに気付き、露月《ろうげつ》町界隈で足を止めた。

一団の先導方が笠の縁を上げて、なにか言い掛けた。それを無言で上役が、

(声をかけてはならぬ。真剣勝負だ)

というふうに制止した。

家臣団は雪の積もった道で動きを止めた。

ゆっくりとゆっくりと時が進んでいく。

不意に鐘の音が響いた。

三縁山増上寺で打ち出された、新春を告げる百八の、ひとつ目の鐘の音だった。

その瞬間、相良主水正が反りの強い刀の柄にかけた手に力を込めた。だが、動かなかった。いや、動けなかった。相良もまた先に動いたほうが負けと承知していた。

芝口橋界隈の商家では屋根の下で大つごもりの鐘を聞いている気配がした。だが、大雪のなかで表に出てくる者はだれひとりいなかった。

鐘の音だけが森閑とした大雪のなか、響いて消えていく。

こんどは、日本橋の方角から、
ざくざくざく
と雪を踏みしめる藁靴の音がして雪仕度の一団が姿を見せた。

「ああ、町奉行所の見廻りですぞ、酔いどれ様」

秀次親分が告げた。

それを見た大名家の家臣団も動き出した。

芝口橋の真剣勝負の場にふたつの隊列が接近してきた。

不意に相良主水正が生死の境のなかに決死の覚悟で踏み込んできて、反りの強い刃が光になって駿太郎の胴を薙《な》いだ。

その場で不動のままの姿勢を保ってきた駿太郎の八双の剣が、大雪に溶け込むように同化して相良主水正の脳天に落ちてきた。

胴斬りと脳天打ち。

刃と木刀の攻めが重なった。

鐘の音が百八つを数えて天保三年が明けた。

第四章　新春初仕事

一

何日も続くかと思われた大雪が不意に止んだ。

正月を祝するかのように大川の向こう岸から大きな日輪が上がって真っ白に染められた江戸を照らしつけた。

どこのお店も雪かきを総出で始めた。

むろん紙問屋の久慈屋でも年の瀬に止めざるをえなかった雪かきを再開した。

どこの堀でも白い大きな塊が大川へと流れ込み、江戸の内海を埋めた。

六つ半（午前七時）時分、読売屋の書き方にしてなんでも屋の空蔵が助っ人の若い衆ふたりを連れて、積もった雪が堀に投げ込まれてさっぱりとした芝口橋の欄干を背に立った。すると心得たように久慈屋の見習番頭の国三が台を抱えてきて空蔵の前に置いた。

「国三さんよ、有り難うさんよ。ひと商いしたら新春の挨拶に出向きますからね、今は賀詞はなしだ」

と台に上がり、御城へ上がり始めた譜代大名の家臣たちがぞろぞろと行列するなか、気合いを入れた空蔵は天保三年、初めての声を張り上げた。

「大名諸家のご家来衆、千代田の御城への雪かき助勢、ご苦労様にございます。珍しき年始めとなりましたが、これもまた天の為すさだめ、真新しき気持ちで難儀に立ち向かえとのお教えにございましょう。

さあて、読売屋の空蔵、つい三刻（六時間）前にこの芝口橋上で戦われた勝負に立ち会いましたゆえ、その経緯を事細かに見定め、読売に認めました」

との空蔵の声にも大名諸家の急ぎ登城する行列の足並みが止まることはなかった。だが、空蔵は怯《ひる》む表情も見せず、

「さあてお立合い、なにを隠そう勝負の主の一人は、鉄矢流居合の達人にして直心影流剣術の免許持ち、老練な武芸者相良主水正実富様、そして、もう一人は、天下の酔いどれ小籐次こと赤目小籐次の」

と言い掛けると相模国小田原藩譜代大久保家の行列のなかから、

「なに、酔いどれ小籐次が真剣勝負の当人か」

との声がかかった。

「おっと、待った。大久保家のご家臣よ。酔いどれ小籐次ではなく」

「なに、酔いどれ小籐次の名を使い、われら譜代大名十一万三千百二十九石の大久保家の行列を引き止めようとなしたか。読売屋、許せぬ。それがしの刀のさびにしてくれん」

と大久保家の近習衆と思しき一人が刀の柄袋を投げ捨てようとした。むろんこの大雪と寒さに臨時に千代田城への出仕を命じられて密かに立腹していたために空蔵に絡んだのだ、本気ではない。

「ちょ、ちょっと待った、話の途中だ。いいかえ、お侍、もう一人は、酔いどれ小籐次の嫡子、いまや父親の武名を超える勢いの赤目駿太郎さんだ。

相手は最前申したが駿太郎さんが生れた折りには、すでに幾度も修羅場を潜り抜けた相良主水正だ。十九歳を迎えたばかりの気鋭の剣術家、来島水軍流の赤目駿太郎が挑む戦い、この真剣勝負、どうなったか、おまえ様がた、知りたくないか。敗れた一人《いちにん》はおまえ様方が立つこの芝口橋の雪にくずおれた勝負の経緯が載った読売だぞ」

「な、なんと大久保家の藩主の御乗物が止まっておるこの橋の上で勝ち負けが、生死が決まったか」

と空蔵に声をかけた近習衆が、雪のどかされた橋板を見た。

「おお、生死を超えた名勝負、城中で語られるべき真剣勝負の顚末ですぜ」

「となると若武者赤目駿太郎は、家斉様から拝領の備前古一文字則宗を使われたか」

「おめえ様、それは読売を買って城中で披露なされ。譜代大名大久保家の評判がぐーん、と上がりますよ」

「いかにもさよう。われら、大久保家に百枚読売をくれ。いくらだな」

「一枚五文ゆえ五百文といいたいが、本日は新春正月元旦だ。ご祝儀込みで一枚十文で千文、たったの一分だ。持っていきなされ」

「おお、買った」

と勘定方が一分を払い、百枚の読売を受け取ると、そそくさと日本橋へと向けて行列を急がせた。すると大久保家の行列のあとに続いていた美濃大垣藩の戸田家十万石が、空蔵の前で止まった。

「おうおう、美濃大垣藩のお行列ね、百枚でようございますか。公方様は駿太郎さんをご贔屓《ひいき》だからね」

「よしうちも百枚一分だな」

と続けて売り、さらに因幡《いなば》鳥取新田藩松平家が空蔵の書いた読売を買い求めて、たちまち助っ人ふたりが抱えた読売は売り切れそうになった。

「よっしゃ、三枚を残しておきな。おれがさ、久慈屋に届けるからよ」

と空蔵が台を手に懐に三枚の読売を入れて、紙問屋に向かった。

表戸が開かれた久慈屋の土間には火鉢に炭が赤々と燃えていた。

「大番頭さん、正月元日から商いですかな」

「馬鹿をいいなさんな。元日から商いをするほど久慈屋は阿漕《あこぎ》ではありませんよ。おまえさんの橋の上の商いを眺めていたところです」

「大番頭さん、新年おめでとうございます」

と空蔵が三枚の読売を差し出した。

「一応頂戴しておきましょうかな」

と観右衛門が受け取ったが、読む風は全くなかった。

「えっ、読まないのかえ」

「読みません」

「どうしてよ、せっかく三枚残してきたんだぜ。三枚で三十文が無駄になったのか」

「ほら蔵、いやさ、空蔵さん、私の申すこと、とくと聞きなされ」

「おお、お聞きしようじゃありませんか」

「ご両人が立ち合いなされた場所はどこですね、ほら蔵さん」

「そりゃあ、おまえさんの帳場格子からも望める芝口橋の上だ。なにか差しさわりでもございますかね」

「私はおまえさんが姿を見せる前から大晦日の雪が降る橋の騒ぎを眺めておりましたので、とくと承知ですよ」

「観右衛門さん、それが素人の浅はかさだ、玄人のわっしがですよ。数多の修羅場を見てきた空蔵がさらに近くから見た立ち合いを事細かに書き下した読売ですぜ。それをだよ、雪の降るなか、遠目に見て空蔵の読売を読む要はないと仰いますか」

「はい、言いましたよ。ようございますかな、橋の上にいたのは立ち合いの両人の他におまえさんだけですかな」

「な、なに、だれがいたってよ。ううーん、こちらの見習番頭の国三さんの他に手代だ、小僧だって三、四人いたな」

「それだけですかな。他にはおられませんかな」

「おお、難波橋の秀次親分が姿を見せていたな」

「肝心要のお方はおまえさんの目に留まりませんでしたかな」

と観右衛門に言われて、空蔵が、はっ、として厄介な目撃者がいたな、と思いついた。

「どなたかお忘れのようですな。いや、そのお方は見ておられませんかな」

「酔いどれ小籐次のことかえ」

「いかにもさよう。真剣勝負の当人の親父様は、素人ですかな、それとも玄人ですかな」

「ううーん、それはさ、駿太郎さんの父親にして天下の酔いどれ小籐次だ。剣術の師匠だからな」

「玄人ちゅうの玄人ですな」

「まあ、そう言っていいか。だけどよ、正月元旦だよ、早々に須崎村の望外川荘のおりょう様のもとへお戻りだよな」

「いえ、大川には雪の塊が流れております。ぶつかって研ぎ舟蛙丸が壊れてもいかぬと、うちにおられます」

「はあっ、酔いどれ様は、久慈屋に泊まったのかえ」

「はい、お泊まりになりました」

と大番頭が言い、

「さあてと、そこまで空蔵さんがこの観右衛門を素人扱いになさるならば、百八つの鐘の音の間、二年越しの勝負の決着の瞬間をどう描きなさったか、読んでみますかな」

と三枚の読売の一枚を悠然と広げ、表の雪明りにわざわざ紙面を翳すと、

「おお、この辺りが本日の読売の読みどころのようですな」

と黙読していたが、

「長い沈黙の対峙のあと、最初に動いたのは老練な相良主水正実富だ。低い姿勢から間合いを詰め、反りの強い偃月刀《えんげつとう》が一気に引き抜かれて不動の十八歳の若武者に迫った……その刹那、弾みもつけずに駿太郎が八双の木刀を立てたまま雪の降る虚空に飛び上った、か。ほうほう、両人の動き、なかなかの巧妙な書きぶりですな」

と雪明りに翳した読売を改めた観右衛門が、

「ふうっ」

と息をひとつ吐いた。そして、ふたたび読み始めた。

「相良主水正の鉄矢流居合抜きか、赤目駿太郎の来島水軍流の虚空からの打ち下ろしか。

はてはて、皆々様、どちらの技が勝ちを制したか、となふんふん、確かに駿太郎さんは、父親の酔いどれ小籐次様直伝の来島水軍流でもなく、自ら創案した『刹那の剣一ノ太刀』でもなく、雪降る天に向かって飛翔し、落下とともに脳天へと木刀を打ち下ろした、とな。勝負が決まった瞬間ですな」

と空蔵の読売を読み上げながらときに自分の言葉も挟んでいた観右衛門が、ふたたび黙読した。そして、

「相良の胴斬りを制して虚空から雪の力を借り受けた駿太郎の一撃は、なんと対決者の脳天の一寸あるかなしかの間で、ぴたり止まったのだ。その直後、相良は脳天を木刀で叩かれもしないのに、橋の雪原に崩れ落ちた」

と読み切った観右衛門が、

「さすがに玄人の見方ですな。お店の帳場格子からは一寸の間は見えませんでし

たな。ただ、あれだけの高みから木刀を全力で振り下ろして、脳天を叩く音も血しぶきもないのを不思議に思ったことでした」

と己の考えを述べた。

「大番頭さんよ、酔いどれ小籐次が久慈屋に泊まったといったな。あの一撃についてなにか言ったかえ」

「いえ、なにも」

「駿太郎さんは新兵衛長屋に泊まったかえ」

「いえ、勝負が決まったあと、おまえさんは読売の原稿を書こうとそそくさと版元に戻られましたな」

「今朝、売り出すためには致し方ないのさ」

「そのあとのことですよ。駿太郎さんは立ち合っていた相良様の腹心を呼ばれて、研ぎ舟蛙丸に気を失った相良様を運び込まれ、腹心といっしょに江戸の内海、鉄砲洲に泊められていた五百石船に連れていかれましたさ。

空蔵さんや、十九歳になったばかりの若武者にかような振舞いが出来ますかえ。堀も大川も雪の塊だらけだ、自分の命を張っての行いですよ。むろん、久慈屋もお手伝い申しましたよ。見習番頭の国三を蛙丸に同乗させましたでな。かようなご時世、読売の務めとは駿太郎さんのように敗れた相手にまで慈悲を見せる行いをさらりと書くことと違いますかえ、玄人の空蔵さんさ」

うっ、と詰まった空蔵が、

「相良は押し込み強盗だぜ。秀次親分や町奉行所の与力・同心衆がとっ捕まえなかったのか」

「相良主水正様は、どこに押し込み強盗にはいられましたな」

「だ、だからさ、尋常勝負のあと、久慈屋に押し込んだのと違うか」

「そなた、だれに向かってさようなことを申されておりますな。私め、久慈屋の大番頭を長年務めさせてもらっています。押し込み強盗が入って、かようにのんびりと、玄人のほら蔵さんとおしゃべりなんかしておられますかな」

「だってよ、あいつ、駿太郎さんとの立ち合いの前幾たびも、久慈屋に押し入り、千両箱をいくつか持ち出すと高言していたんだぜ」

「玄人のほら蔵さんにお聞きしましょうかな。押し込み強盗だろうとなかろうと口にするだけで、押し込んでもいない強盗《ぶつたくり》を捉まえられますか。それが読売屋の玄人衆の見方ですか」

「観右衛門さんよ、そう玄人のほら蔵、玄人のほら蔵と繰り返さないでくれるか。

なんだか、おれが虚言しか書いてないように思われるじゃないか」

「私は、ほら蔵と公言する相手を、玄人のほら蔵と言っているだけですよ」

「くそっ、駿太郎さんの行いを町奉行所の与力・同心衆も止めなかったのか」

「だれもなにも申されませんでしたな。あの虚空からの脳天打ちを目撃した面々は、あの立ち合いがなかなかの真剣勝負、勝ち負けを超えた尋常の勝負と考えられたのでしょうな」

「そうか、おりゃ、大事なひと幕を見落としたか」

と空蔵が初めて悔いの言葉を吐いた。

しばし沈黙していた空蔵が、

「でよ、駿太郎さんはどこにいるんだ」

「さあて、どこでしょうな」

「江戸の内海に相良を運んでいって芝口橋に戻ってきたのかこないのか。おりゃ、改めて酔いどれ小籐次と駿太郎さんのふたりに話を聞いてな、明日にも続きものの読売を書いてだすからよ」

「取材の大もともわきまえないような読売は困りますな、しっかりと当人に話を聞くのが最初の務めですぞ」

と観右衛門が厳しい口調で言った。

相良を船に送っていった駿太郎と国三のふたりは、雪の塊が流れてくる大川を苦労しながら遡《さかのぼ》って明け方には芝口橋に帰りついていた。

久慈屋の船着場に見習番頭の国三を下ろした駿太郎は父親の小籐次と話し合い、しばし久慈屋の奥で休んだのち、大川をなるべく通らずに須崎村の望外川荘へと帰ることにした。新兵衛長屋に泊まっていたクロスケとシロの二匹もむろんいっしょだ。

大晦日から元日にかけて留守にした望外川荘が案じられたからだ。

小籐次は観右衛門に、

「かように元日から慌ただしい騒ぎが起きるとは尋常ではないぞ、大番頭さん。なんぞあればわれら親子即座に駆けつけるでな」

と言い残していた。

「いえ、酔いどれ様、意外や意外、かような年の始まりは平穏な一年になるのと違いますかな」

と観右衛門は反対の考えを述べたものだ。

だが、大きな雪の塊が流れる堀や日本橋川を進むのは若い駿太郎も苦労した。

「駿太郎、わしも手伝おうか」

「父上、いささか時はかかりますが案じられることはございませんよ。雪が止んだ分、寒さも和らぎました」

と言い、大晦日から江戸に泊まった二匹の犬も苫屋根の下から時折舳先に行き、人々が雪かきする光景を眺めていた。

「おお、駿太郎さんよ、まさか元日から研ぎ仕事ではないよな」

と日本橋川の渡し船の船頭が酔いどれ小籐次の倅と認めたか、聞いてきた。

「大晦日に江戸に出てあの大雪に須崎村に帰るに帰れなくなりました。雪が止んだので、なんとか研ぎ舟で須崎村に帰ろうとしているところです」

「おお、酔いどれ様は須崎村で留守番かえ」

「いえ、苫屋根の下で炬燵に入っておられます」

「なに、天下の酔いどれ様も老いたか。倅に櫓を握らせて炬燵な、いい身分だな」

と船頭がいうところにのそのそと小籐次が苫屋根から這い出てきて、

「よう雪が降ったたな、難儀はないか」

と渡し船に声をかけた。

雪が止んだせいか、どこぞに初詣にいったか晴れ着姿の乗合客が、

「おお、酔いどれ様よ、いくつになったよ」

と質した。

「さあて、古希は超えたか超えないか。そろそろ日本橋川で炬燵に入っているのも飽きたわ。雪が降ってきた空の向こうのあの世とやらに旅立つか」

「酔いどれ様よ、おまえさんがいなくなっても駿太郎さんが跡継ぎを立派に務めておるわ。うーむ、百八つの鐘音を聞きながら芝口橋で、どこぞの押し込み強盗と真剣勝負をしたそうだな」

「いえ、押し込み強盗と自称されていましたが、なかなかの剣術家でございました」

「おまえさんが勝ったんだろ」

「なんとかこうして櫓を漕いでおりますよ。船頭さん、気をつけて下さいね」

「駿太郎さんもな。ついでに酔いどれ様も息災にな」

「ああ、須崎村の望外川荘にて改めて屠蘇《とそ》を味わうつもりよ」

と乗合船と離れていった。

蛙丸が大川に出ると小籐次は舳先に立ち竹棹を握って大きな雪の塊を避け始め

た。

父子が力を合わせて蛙丸を須崎村まで漕ぎあげたとき、浅草寺の時鐘が元日九つ（正午）を告げて、帰り着いたと気付いたクロスケとシロが、

「ワンワンワン」

と吠えて主らの帰宅を望外川荘に告げた。

二

船着場に子次郎が薫子の手を引いて酔いどれ父子と二匹の犬を迎えに出てきてくれた。

「結局よ、あの大雪の最中に芝口橋なんぞに行くなんて酔いどれ様がいうものだから、望外川荘はおりょう様と薫子様で留守番だ。なんとも寂しい年越しになったじゃないか」

と居候の鼠小僧次郎吉が文句をつけた。

「おお、年寄りが無理をいったものだから徒然《つれづれ》なる大晦日にしてしまったな。おりょうにはわしから詫びる」

小籐次が苫屋根から這いだして船着場に上がった。

「すまなかったな、娘よ」

とここで薫子に詫びた。

「いえ、わが来し方の年の瀬や新年を考えますと、なんとも優雅な望外川荘の年越しでした、おりょう様とふたりで歌作をして過ごしました」

「おお、わしや駿太郎の代わりに薫子がおりょうと遊んでくれたか。ひとりでも多くの身内がいるのはいいものじゃな。さあて、おりょうに叱られに参るぞ。クロスケ、シロ。薫子、そなたの手をわしに貸せ。詫び代わりに道案内をしようか」

と小籐次が薫子の手をとって雪道を望外川荘に向かっていった。

「駿太郎さんさ、なんぞ芝口橋で騒ぎがあったのか」

「芝口橋にも大雪が積り、見習番頭の国三さんがたが雪かきをして堀に雪を落とす真っ最中でした。ゆえにそれがしは手伝いをしていました」

「そんなことならば、なにもわざわざ芝口橋まで出向くことはなかったよな。望外川荘でも大雪は変わりないや。こちらで雪かきしていたっていっしょじゃないか」

と子次郎が言った。

「男の働き手は子次郎さんひとり、大変でしたね」

「おお、なんとか屋敷から船着場まで道を通すので精一杯よ。敷地の大半は未だ雪だらけだぞ」

「松の内にまだ雪が降るかもしれませんね。蛙丸の苫屋根と炬燵はこのままにしていたほうがいいかもしれないな」

「おお、朝はお天道様が見えたが雪が降り止んだだけで空はすっきりしてねえや、また降るな」

と子次郎が言い切った。

ふたりが望外川荘の前庭に出ると広大な白一色の光景が広がっていた。

「ああ、それがしの野天道場は深い雪の下だ」

「おお、二尺以上は積もっている。ここじゃな、雪を堀に落とすなんて芸当はできないや。当分積もった大雪と暮らすしかねえな」

「子次郎さん、望外川荘の母屋には差しさわりはありませんでしたか」

「いやさ、さすがは望外川荘だな、この大雪でもびくともしてないや。茅葺き屋根に雪が積もって、駿太郎さんの隠し部屋なんて温かかったぞ」

「そりゃ、よかった。ううーん、稽古より薪割りが先だな」

「そういうことだ、おれひとりが薪割りしてもよ、ちょろちょろと囲炉裏しか火は燃やせないからな。初風呂も沸かせなかった。正月だというのに、おりょう様は寒い想いをしたんじゃないか」

「えらい元旦を過ごさせましたね。まずはせっせと薪割りだな」

と駿太郎は覚悟した。

母屋に戻ってみると、父親の小籐次はなんと湯に入っていた。

「えっ、子次郎さん、風呂を沸かせなかったと言ったじゃないですか」

「おお、おりょう様がな、いくらなんでも元日に寒さに震えながらふたりが帰ってきたら気の毒だってんで、今朝がたから囲炉裏の薪を風呂窯に突っ込んでいたんだよ」

「いや、子次郎さんが残っていてよかったな。父上、どうです、湯加減は」

「おお、わが家の湯は格別だな。駿太郎も湯に入れ」

というところにおりょうが着替えを持ってきた。

「母上、ご免なさい。まさかかような仕儀になるとは思わず寒い想いをさせましたね、須崎村にわれらも残るべきでしたね」

「駿太郎のせいではありませんよ。父上の我がままがかような正月を招きました。半日遅れの新年の祝いを催しますよ」

「ならばその前に薪をたっぷりと割っておきます」

元日の暮れ六つの刻限、赤目一家と女衆のお梅に子次郎の六人が囲炉裏端で火を囲んでおりょうが仕度していた御節料理を前に、

「天保三年、おめでとうござる」

「おまえ様、今年もよろしく」

と屠蘇を飲み合った。

「いやはや、なんともえらい年越しであったわ」

屠蘇から燗をつけた清酒に代えた小籐次が安堵した思いを吐露して、

「おまえ様は芝口橋で雪かきをしておられましたか」

とおりょうに突っ込まれ、

「なに、わしか。なにしろあの大雪、騒ぎの間以外、久慈屋さんの座敷で炬燵に足を突っ込んでいたな」

と漏らした。

「なんということでございましょう。呆れました。駿太郎だけに雪かきさせて当人の父親は炬燵ですか」

むろん囲炉裏端にいる身内全員の安堵感が言わせたおりょうの言葉だった。

「ううむ、おりょう様よ、酔いどれ様は『騒ぎの間以外は』と言いませんでしたか。騒ぎとはなんでしょうね」

と子次郎が言い出し、

「おお、騒ぎな。芝口橋でな、押し込み強盗と称する相良主水正なる惚け者とな、駿太郎が立ち合いすることになって、わしも見物と表に、橋の上まで這い出て行ったのよ。おお、たしか読売を久慈屋から一枚頂戴してきたぞ。その模様がいい加減に書いてあるわ」

と酒の勢いで言い、

「酔いどれ様よ、騒ぎがあったんじゃないか。それもこれも酔いどれ様はまさかの見物か。押し込み強盗と戦ったのは駿太郎さんひとりだな」

子次郎とおりょうは小籐次を睨むと、駿太郎に視線を移した。

「いえ、大した騒ぎではございません。ご当人が押し込み強盗と広言なさるお方がぶったくりのわけがありません。だって、久慈屋の見習番頭の国三さんを始め、それなりの数の人が見物しているのですよ。無理ですよ」

と駿太郎が説明し、小籐次から読売を受け取ったおりょうがざっと読み下して、

「駿太郎、そなた、そのお方の脳天を木刀で打たれたのですか」

と糺した。

「母上、それがし、木刀を寸止めしておりますから、相良様は気を失われて雪の上に崩れ落ちただけです」

「では、そのお方、なんのお怪我もございませんね」

「寸止めにて気を失われただけです。それでも相良様のお仲間や久慈屋の国三さんといっしょに蛙丸でそのお方を江戸の内海の鉄砲洲に泊めた五百石船に送っていきました、その船が相良様がたの塒《ねぐら》なのです。船に着いた折り、相良様はすでに正気を取り戻しておいででした」

と読売に書かれていないことを告げた。

「それはようございました」

とおりょうがほっと安堵の想いを漏らし、

「なんだって、駿太郎さんは立ち合った相手の面倒まで見たというのか。相手は嘘か真か、押し込み強盗だろ。そんな奴の面倒を見ることないじゃないか」

と子次郎が言い放った。

「町奉行所の大雪の見廻り組の与力・同心がたが姿を見せておられましたゆえ、もしですよ、それがしも相良様も大番屋に連れていかれたとしたらどうなります」

「駿太郎さんはなんの悪さもしていめえ。久慈屋に押し入ろうとした相手を止めただけではないか。町奉行所の役人に任せておきねえ」

「子次郎さん、それがしのことはさておいて、相良様はどうなります」

「大番屋で厳しい取り調べを受けるな、確かに昨夜は押し込み強盗をしていないようだが、兇状持ちだったらどうなるな」

「そのようなことまで駿太郎には分かりません。未だ牢屋敷に入ったことはありませんからね。子次郎さん」

「そうか、駿太郎さんは牢屋敷に入ったことはないか」

ふたりの話はあちらこちらに飛び散らかった。

「それがしだけではのうて、母上も父上も牢屋敷にお入りになったことはありますまい」

「さようか。この場の人間で牢屋敷を承知なのはおれだけか」

と呟いた子次郎が、

「大番屋で下調べを受けてよ、牢屋敷に放り込まれるな。夏の暑さも堪《こた》えるがこの大雪の牢屋敷は厳しいぞ」

「で、ございましょう。ですから国三さんに手伝いを願って、急ぎ相良様と仲間を蛙丸に乗せたんです」

「なに、そんなことまで考えて行動したのか。それにしてもよくも町奉行所の与力・同心どもがなにも口出ししなかったな」

と言い出すと、猪口に残った酒を、くいっと喉に落とした小籐次が、

「子次郎、いやさ、鼠小僧次郎吉、その場に酔いどれ小籐次様がおるのだぞ。まあ、大半の者が顔見知りだ。あれこれと説明しているうちに、駿太郎と国三さんが手早く船着場から蛙丸を出しおったのよ。そもそも久慈屋に相良某が立ち入ったわけではなし、役人衆もわしら親子の顔を立ててくれたかのう」

と言った。

「おまえ様、少しは大晦日の騒ぎを鎮める役目を果たされましたか」

「おお、年寄りはな、あまり出過ぎてもならぬでな」

「いかにもさようです。ということはうちも代替わりを迎えましたか」

「なにっ、酔いどれ小籐次は隠居し、酒嫌いの駿太郎が望外川荘の主に就くか」

子次郎が念押しし、

「それもようございますね。どうです、おまえ様、駿太郎に江戸は任せて私どもは、豆州の熱海の湯や、相模の箱根の温泉三昧、湯治三昧の日々はいかがでしょうか」

「ううーん、そなたとふたりだけか」

「あら、りょうとふたりだけではご不満でございますか」

「いや、そうではないが新春早々旅は寂しくないか」

「とんでものうございます。年寄りが未練を残しては駿太郎が迷惑です」

「そうかのう」

と駿太郎を見て、

「そなた、わしとおりょうがおらんでも望外川荘の暮らしに困りはせぬか」

「父上、母上といっしょにぜひ松の内が明けたら湯治の旅に行かれてください。望外川荘は、薫子姉に子次郎さんもいればお梅もおります」

「十九にして望外川荘の主な」

「おまえ様は隠居の小籐次です」

とおりょうに宣告され、小籐次が黙り込んだ。

ふたたび正月二日の未明から雪が降り始めた。表では独り稽古さえとてもできない。むろんアサリ河岸の鏡心明智流の桃井道場や三十間堀の東軍新当流の加古李兵衛道場に行くのも無理だった。

(どうしたものか)

と考えた末に駿太郎は隠居の小籐次に相談してみた。

「おお、この雪では望外川荘の庭で稽古は出来まいな。なんぞ考えがあるか」

「はい、あれこれと考え、長命寺の本堂をお借りできぬかと思案しましたが、仏様の前で木刀や真剣を振り回すのはどんなものかと思いました」

「うーむ、そいつはどうもな、考えものだな」

「そこで望外川荘に一番近い大名家の屋敷はどうであろうかと思いつきました。うちから四丁ほど離れた小梅村と須崎村の入会地に越後長岡藩牧野備前守様の抱屋敷がございますね」

片桐依臣と麗衣子親子の屋敷に接しているのが牧野家の抱屋敷だ。

「おお、そういえば確かに大名屋敷があったな」

「もしやしてこちらにお願い申せば、道場にて稽古を許して頂けるのではと考えました。それがし、お訪ねして願おうと思ったのですが、いかがでございましょうか」

駿太郎は夕刻の二匹の犬の散歩に長岡藩牧野家の抱屋敷の前を幾たびか通ったことを思い出したのだ。

「考えおったな」

と言った小籐次がしばし沈思し、

「四丁ほどならば雪道でも歩いていけよう。駿太郎ひとりで願うてもお許し頂けようが、わしもいっしょして乞うてみるか」

「父上、雪は結構降っておりますぞ」

「身支度をしてな、杖を突いて参れば牧野邸には辿りつけよう」

と父子で相談し、大晦日以上に身支度を整えて望外川荘を出た。

駿太郎は一斗樽を竹籠に入れて背に負い、竹杖を突いていた。小籐次は次直を差しただけの身軽な身で、牧野家の屋敷を散歩で承知しているクロスケとシロが従って道案内を務めた。

四半刻ほどかかったがなんとかたどり着いた。

駿太郎が通用口を叩くと門番が姿を見せて、

「正月早々にどちら様だね」

「われら、この近くに住む赤目小籐次・駿太郎の親子にござる。ご当家のご用人どのにお目にかかるわけにはいくまいか」

と願った。

「なに、望外川荘の酔いどれ小籐次様と子息とな。ちとお待ちなされ」

と門番が姿を消した。

天保三年の正月。譜代越後長岡藩牧野家七万四千石の当主は、十代目忠雅であった。父の九代目忠精《ただきよ》は英邁な士として知られ、享和元年七月に老中に昇進、文化十三年にいったん辞職、なんと文政十一年二月にふたたび老中に就くという珍しい履歴の持ち主だった。

小籐次はかような家格の牧野家が道場の出入りを許すどころか、本日の面会もどうだろうかといささか危惧していた。だが、駿太郎にはそのことを告げていなかった。直ぐに中に通されたが、

「犬は門内に繋いでくだされ」

と命じられた。

「おお、酔いどれ小籐次氏《うじ》と嫡男駿太郎どのか、なんぞ火急な用件かな。それがし、花房《はなふさ》一太郎、留守を預かっておる」

と小籐次と駿太郎の両人は式台前へと案内されて花房から応対を受けた。

「火急な用事ではござらぬ。実はこの大雪で」

と前置きした小籐次が駿太郎の願いを告げると、

「なに、さような一件で来邸か。武家方にとっては尤《もっと》もな願い、江戸藩邸に問い合わせなくともそれがしの一存で叶えられるわ」

と敷地の別棟の武道場にふたりを即刻案内した。

するとと牧野家でも家臣たちが手持ち無沙汰か、五人ほどが体を動かしていた。

広さは二百五十畳ほどか、簡素ながらしっかりとした造りだった。

花房が赤目父子の来訪を告げると、

「おおっ」

と驚きとも歓迎ともつかぬ叫びが起り、年配の家臣の、

「花房どの、われら、天下に名高い酔いどれ小籐次様の来島水軍流が拝見しとうござる。そのうえで子息の駿太郎どのが当武道場をどうお使いになろうと勝手次第」

との返答に、

「率直に申せば赤目小籐次、近ごろ老いを感じましてな。隠居を為したばかりにござる。それでよければ来島水軍流正剣十手、脇剣七手をご覧あれ。まずは序の舞から」

と小籐次が借り受けた木刀を手にゆったりと技を始めた。

ゆるゆるとした技は正剣二手「流れ胴斬り」にても変わりなかった。いや、小籐次の来島水軍流は相手次第、状況次第で速さも展開も変わるのだ。

牧野家の家臣たちは無言で凝視していたが、木刀を手にしてのゆるやかな業前に凄みが感じられなかったか、

（なんだ、この程度か）

といった顔つきの者もいた。

赤目家に一子相伝に伝わる伊予水軍の独特の剣技は、能楽の動きにも似て、不安定な船上で使われるとき、迅速よりも悠然に奥儀があった。だが、そのことを理解した者はこの場にいなかった。

小籐次は正剣の十手「波小舟」まで演じて、

「駿太郎、そなた、上様より拝領の備前古一文字則宗にてかかってまいれ」

と命じた。

小籐次も駿太郎も牧野家の家臣が満足していないことを承知していた。

「はあ、畏まりました」

と応じた駿太郎は腰から外していた二尺六寸余の豪剣を差し直した。

一方、小籐次は最前来島水軍流の披露に使っていた木刀を返し、腰に差していた脇差、長曾禰虎徹《ながそねこてつ》刃長一尺六寸七分に手をかけた。

父子双方の間合は一間余。

長身の駿太郎がそろりと則宗を抜いて正眼に構えると、

「参れ」

と小籐次が命じた。

次の瞬間、踏み込み様に則宗が躍った。

最前の小籐次ひとりの来島水軍流とはまるで異なっていた。

駿太郎の刃の迅速果敢な動きに目を見張った牧野家の家臣たちは、不動の小籐次が斬られたと確信し、

「嗚呼《ああ》」

と悲鳴を上げた。

だが、小籐次は脇差に手をかけたままゆるゆると舞い、その傍らを駿太郎の光になった刃が掠《かす》めた。

四半刻、駿太郎が攻めに攻め、小籐次は則宗に合わせるように躍った。

牧野家の家臣たちは茫然自失していた。

小籐次の脇差が、則宗を揮う駿太郎の手首にぴたりと添えられた。

「これが伊予灘の潮の流れにも似た来島水軍流にござる」

と小籐次が一子相伝の秘剣の名をあらためて告げた。

三

駿太郎はかような経緯のあと、牧野家抱屋敷の道場を使わせてもらうことになり、雪が降ったり止んだりが繰り返される松の内、独り稽古に打ち込み、家臣たちともいっしょに稽古を為した。むろん互いが力の差を承知のうえでのこと、十九歳の駿太郎が年上の家臣たちを指導する体での立ち合い稽古だった。

そんな日々を重ねていると陽射しが戻ってきた。

それでも駿太郎は未だ積雪が残る望外川荘の庭での稽古を避けて牧野家の道場

通いを続けていた。

正月六日、駿太郎が昼九つの刻限、望外川荘に帰宅してみると、なんとなく客が訪れた気配が漂っていた。

座敷から陽光のあたる庭を漠と見詰める小籐次に、

「父上、どなたか客人でしたか」

と訊いた。

「アサリ河岸の桃井春蔵師がお出でになったわ」

「えっ、桃井先生が、珍しゅうございますね」

予想もしない訪問者であった。なにより桃井春蔵は大勢の門弟を抱えて多忙なはずだった。

「おお、望外川荘は前々から訪ねてみたかったそうな。浅草寺に恒例の初詣のあと、こちらに立ち寄られたのだ。駿太郎が牧野家の抱屋敷の道場で稽古をしていると告げると、『おお、それはよかった。この積雪ではさすがの駿太郎も容易く身動きつくまいでな』と喜んでおられたぞ」

「御用はなかったのですか」

「わしにな、具足開きの十一日に道場で来島水軍流を披露してくれぬかとの願いであったわ。もはや隠居の身ゆえ、鏡心明智流の桃井道場でお歴々を前に研ぎ屋爺が晴れがましいことを為すのはどうかと、重ねて遠慮したが、桃井先生に『剣術家は死の刻まで剣術家にござる』と説き伏せられた」

と小籐次が戸惑いの顔で言った。

武家方の正月、鏡開きは具足開きとも称された。

アサリ河岸の桃井道場の具足開きの儀は恒例で、正月十一日と決まっていた。そのために望外川荘を訪れたか、と駿太郎は推測し、

「父上、それはようございました。桃井先生が申されることは真っ当かと駿太郎も考えます」

「考えてみれば、豊後森藩下屋敷の厩番《うまやばん》のわしが、剣術家であったかどうか、それすら怪しいものよ」

とこちらは付け足したものだ。

「今年の具足開きは門弟衆の試合はございませんので」

「いや、今年は桃井先生が道場主に就いた節目の年とか、門弟衆のなかから古株五十人と若手五十人を選び、いつもの年より賑やかな対抗戦になるそうな」

「おお、それは楽しみな」

駿太郎は具足開きの試合開催を素直に喜んだ。

「駿太郎、そなたも若手組の一人《いちにん》に選ぶと申しておられたわ」

「それは大変だ。このところ雪で十分な稽古が出来ておりません」

「それはそなただけではあるまい。だれひとりとして年末年始の大雪のために道場通いが満足に出来てなかろう」

「そうですね。それがし、十一日の桃井道場具足開きまで牧野様の道場で稽古を続けます」

との駿太郎の言葉に小籐次が首肯し、

「このところ、江戸では門弟衆の集まりが少ない道場に道場破りが押しかけて、金子を強請《ゆす》り取ることが流行っておるとか。さような道場破りが何組もおるとは、このご時世ゆえかような馬鹿者どもが生じたかのう」

小籐次が首を捻った。

「まさかそのような道場破りのなかに加古道場に現れた夢想谷三兄弟が混じっておるのではありませんよね」

「わしも桃井先生に聞いてみたが桃井先生も随行してこられた三人の門弟衆も、そこまでは分からないというておられたわ」

夢想谷の末弟三左衛門と駿太郎が加古道場で対戦し、駿太郎が相手の喉元に突き技を見舞って以来、三月余りが過ぎていた。

となると三左衛門の怪我も治り、長男の太郎兵衛、次男の次郎助左衛門とともに、加古李兵衛と孫娘が営む三十間堀の道場に姿を見せるか、駿太郎を密かに狙っているかと気付かされた。駿太郎は近々加古道場を訪ねようかと考えた。

「ともあれ、明日からわしも牧野家の道場にお邪魔してそなたとともに体を動かそうと思う」

「それはようございます。牧野家江戸藩邸でもそれがしが抱屋敷で稽古をさせてもらっていることを喜んでおられ、あちらの家臣衆が松の内にも抱屋敷に稽古にみえるそうですよ」

「おお、それは賑やかになって、なによりじゃな」

と言い合った。

「駿太郎、父上との話が終わったら、ご飯の仕度が出来ています、食しなされ」

とおりょうが駿太郎に告げた。

駿太郎が丼めしを三杯平らげて昼餉を終えたころ、船着場に船が着く気配があって、珍しくも豊後森藩江戸藩邸の近習頭池端恭之助《いけはたきようのすけ》と徒士《かち》組の創玄一郎太《そうげんいちろうた》の両人が姿を見せた。

「おお、池端どのに創玄どのか」

との小籐次の声に駿太郎が急ぎ、庭先を望む縁側に出ると、しっかりと雪仕度をした両人が背中に竹籠を負い、

「酔いどれ様、おりょう様、駿太郎さん、新春祝着至極です」

「おめでとうございます」

と庭先の積雪を踏みしめながら縁側に近づいてきた。

「いや、よう参られましたね。久しぶりです、池端様と創玄様のお顔を見るのは」

という駿太郎の言葉に、

「駿太郎さんの活躍、読売にて承知していますよ。また一段と大きくなりませんか」

と一郎太が菅笠を脱いで縁側に立つ駿太郎を見上げた。

「おお、われらの倍の背丈がありそうな」

と恭之助も言い添えた。

「それがし、縁側に立っているのです。倍などありません」

と応じた。

「新春の挨拶かな」

「赤目様、むろんそれもございます。四月には殿が江戸に上がってこられます。おふたりが森藩を忘れぬようにと江戸家老が命じられて、かように姿を見せました」

大荷物を負った両人は久しぶりに望外川荘に泊まる心づもりで訪ねてきたようだった。ということは藩の船をすでに江戸藩邸に戻したのであろう。

「藩邸に変わりはあるまいな」

とふたりを囲炉裏端に招じ上げたあと、小籐次が問うた。

「西国外様の小藩です。日々淡々と申せば、格好もつきましょうがなんの変わりもありません」

「なによりではないか。で、そなたら、武士の本分の剣術の稽古、おさおさ怠りはなかろうな」

「赤目様、もはやわが藩は、どなた様かが道場指南をやめられて以来、勢い盛んだった武芸修行は途絶えましてな、藩邸の道場は閑散としております」

と一郎太が小籐次への皮肉をこめて言い放った。

「なに、そのほうらも稽古はしておらぬか、それはいかんぞ。武士の表芸は剣術にありだ、剣術修行なくしてなにが二本差しの武士だ。よし、明日はわれら親子といっしょに近くの牧野様の抱屋敷にて稽古を致すぞ」

こちらは一郎太の皮肉をまともに受け止めて応じた。

「えっ、剣術の稽古ですか。われら、望外川荘にのんびりしようと訪れたのですが」

一郎太がぼやき、

「えっ、望外川荘と同じ須崎村に譜代席の牧野様の抱屋敷がございましたか。外様小藩の家来のわれら、道場に上がらせてもらえましょうか」

恭之助が一縷《いちる》の望みを託して訊いた。

「すでに駿太郎が稽古に通っておるわ。わしも明日から通うことにしておる。そなたら、さようなことは案ずるな」

と前置きして駿太郎が牧野家の抱屋敷の道場に通い始めた経緯を告げた。

小籐次はたしかに両人と同じく豊後森藩士だったが下屋敷の厩番であり、ふたりは江戸藩邸の役職付きだ。職階は比べようもなかった。だが、小籐次が『御鑓拝借』騒ぎで売り出したのち、世間での知名度は高まり、いまや両人を呼び捨てのこともある。

「うーむ、池端どの、われらの魂胆どおりには物事進みませぬのう。牧野家の家臣ともなれば、なかなかの腕前の持ち主ばかりではないか、駿太郎さん」

「正直申し上げて牧野家のご家来衆もおふたりと同じようで、剣術の稽古をさほどお好みではございません」

「さよう老中家の家臣も剣術嫌いが多うございますか。ならばわれらもなんとか竹刀を交えることができようか」

「われら、天下に名高い酔いどれ小籐次様と駿太郎さん親子の同道者ゆえ、なんとか一人前に扱ってくれまいか」

と両人が言い合うと、

「明日からはさような魂胆で稽古は出来ぬぞ。わしはアサリ河岸の桃井道場の具足開きの儀に来島水軍流を披露することになった。久しぶりの稽古ゆえ、目いっぱい頑張る。むろん、そのほうらふたりを相手にな」

「わあっ」

「こりゃ、大変だ」

と両人が悲鳴を上げた。

松の内、赤目家にふたりの訪問者が増えて、夕餉は賑やかだった。酒は久慈屋から頂戴したものや創玄らが竹籠に入れてきた一斗樽があった。

隠居と自称し始めた酔いどれ小籐次こと赤目小籐次も久しぶりに心地よく飲んで、全員が四つ（午後十時）前には就寝した。

翌朝七つ（午前四時）、赤目親子と池端恭之助と創玄一郎太の四人が牧野家の道場へと向かった。

昨夜は新たな雪が降らなかったため、二尺余も降り積もった雪はしっかりと固まっていた。藁沓履きの四人は竹杖をそれぞれ突き、難儀することもなく老中牧野家の抱屋敷に着いた。すると武道場ではすでに人の気配がして体を動かしている様子が駿太郎には感じられた。

「父上、江戸藩邸から武術好きの家臣がたが抱屋敷に泊まり込み、すでに稽古をしておられますぞ」

「どうやらそのようだな。創玄一郎太、池端恭之助、気を張って稽古をせぬと怪我をするぞ」

と小籐次が注意した。

「ううっ」

と恭之助と一郎太が改めて頭を抱えた。

気合い声が飛び交う道場に上がるといつもより多い、三十人ほどの家臣たちが稽古をして、熱気に溢れていた。

「おお、駿太郎さんばかりか酔いどれ小籐次様に従者の方も稽古に見えられましたぞ」

抱屋敷の家臣が四人を見て叫んだものだから、稽古をしていた江戸藩邸の家臣団が動きを止めて正座をして赤目親子を迎えた。

見所には江戸藩邸の重臣が座していた。

「赤目小籐次様ご一行、新春おめでとうござる」

と声を和して叫び、小籐次らも新春の挨拶に応じた。すると、

「赤目駿太郎どの一人と思うておりましたが、酔いどれ小籐次どのの御到来でござるか。これは見ものかな」

見所の重臣がもらし、

「赤目小籐次氏、それがし、牧野家の江戸家老東里《あいざと》民右衛門吉國にござる」

「おお、江戸家老どのか、抱屋敷にしばしばお見えか」

「いや、多忙の身ゆえ何年も訪ねておらぬ。ただしこたびは家斉様がお気に入り

の赤目駿太郎どのが抱屋敷で指導をしているというで、見物に参ったのだ。なんと幸運なことに酔いどれどのにも相まみえたわ。それがしに同道の一人は当家剣術師範、無念流の伊満吉兵衛にござる」

と告げた。

「近ごろ隠居を自称しておる赤目小籐次、いささか事情がござってな、倅について参ったのでござる。同道の両名はわが旧藩久留島家の家臣でしてな」

と前置きした小籐次が牧野家道場に訪いの経緯を語った。

「なに、アサリ河岸の鏡心明智流桃井春蔵道場の具足開きで来島水軍流を披露なさるか。それは見物。ならば稽古の模様をわれらにもお見せいただけませぬかな」

と東里が言い出し、

「おお、同行の両人も豊後森藩久留島家の家臣と申されたな。豊後森藩関わりの四人《よたり》様でぜひご披露下され」

と言われた池端恭之助と創玄一郎太が狼狽《ろうばい》して、

「ご家老、われら両人、赤目様父子の来島水軍流の披露に加わりますと、ふたりの武芸の足を引っ張ることは確か、ご容赦くだされ」

「お願い申します」

と頭を下げて願った。

「おお、そうか。天下の酔いどれ父子の剣術に加わるのは重荷であったか。ならば、赤目小籐次・駿太郎親子に願おうか」

と東里江戸家老に促され、もはや受けざるを得なくなった。

「ならばご当家の稽古の邪魔にならぬ程度にわれら父子で来島水軍流の序の舞と正剣二手流れ胴斬りを披露致す」

と小籐次が応じて、

「駿太郎、牧野家の江戸家老様と剣術師範もおられるわ。そなたも拙き業前『刹那の剣一ノ太刀』を披露してご講評を願え」

と命じた。

「畏まりました」

と駿太郎も受けた。

小籐次は先祖伝来の備中次直を、駿太郎は家斉から拝領した備前古一文字則宗を改めて腰に差した。

「ご一統様、一子相伝の来島水軍流は伊予の水軍が瀬戸内の潮の流れから授けられたと伝えられております。まずは序の舞」

といまや背丈が五尺に縮まった小籐次と反対に六尺五寸余の駿太郎が次直と則宗を抜き放ち、二剣の刃が道場の緊張した気をゆったりと分っていった。

小籐次の次直は刃渡二尺一寸三分、駿太郎の則宗は二尺六寸余と四寸以上の差がある二つの刃が寸毫《すんごう》の弛緩《しかん》も感じさせることなく舞った。

武道場内は息を為す者もいないかのように森閑としていた。

一尺五寸余も差がある父子の刃が不意に止まり、

「続いて来島水軍流流れ胴斬り」

と小籐次が告げ、向き合った父子は腰を沈めて、互いの腰から胸へと迅速にして滑らかな動きで斬り上げた。

沈黙していた場内に思わず、

「おおっ」

と悲鳴にも似た声が漏れた。

向き合った両者のふたつの刃が父の、子の胴を斜めに斬り上げるかに思われた。が、長短の刃は、両人の体の回転とともに相手を避けていた。

流れ胴斬りは、伊予の海の潮の如く、ときに緩やかに虚空に舞い、ときに潮を斬り裂いて間断なく繰り返された。折々で自在な速さと動きを持つのが小籐次の来島水軍流だ。

再び武道場内の者たちは息を呑んで父子の流れ胴斬りの絶妙にして多彩な動きを凝視していた。

どれほどの時が経過したか。

すいっ、と小籐次が次直を鞘に納めつつ、立ち合いの場から離れた。

するとその場に独り残った駿太郎も則宗二尺六寸を腰の鞘に仕舞った。

「それがし、赤目駿太郎、父の旧藩の豊後森城下を訪ねるために森藩の御座船三島丸に同乗し、伊予灘に鬩《せめ》ぎ合う狂う潮を、身をもって体験致しました。この狂う潮こそ赤目家伝来の『来島水軍流』の名の起こりです。

五年前、それがし、十四歳の夏、いつ果てるとも知れず狂う潮に苛まれながら、家斉様から拝領した備前古一文字則宗を抜き放ち、伊予の海と青空に躍らせておりました。

その折り、赤目家伝来の来島水軍流から思い掛けず生じた一剣、『刹那の剣一ノ太刀』にございます。

ご覧あれ、ご一統様」

身丈六尺五寸余、十九歳の駿太郎の腰から則宗がふたたび牧野家の抱屋敷道場に躍り、若々しい動きが、明らかに最前父子で演じた来島水軍流とは違うことを告げて圧倒した。

四

正月十一日。

年の瀬から年始めにかけて降った雪もこのところの晴天の陽射しに解けて江戸の人々もふだんの暮らしや商いに戻っていた。

この朝、赤目小籐次と駿太郎父子は七つ時分に起きて神棚の水を取り替え、新しい榊にして拝礼した。

茶を喫し、朝餉の粥《かゆ》を食したふたりは、この日、下ろしたばかりの稽古着姿でおりょうと二匹の犬に見送られて、研ぎ舟蛙丸に乗り込んで湧水池から隅田川に出た。

むろん駿太郎が櫓を握り、小籐次は苫屋根の下の胴ノ間に置かれた炬燵に入り、うつらうつら居眠りしているうちにアサリ河岸の鏡心明智流の桃井春蔵道場に到着していた。

刻限は六つ半時分だが道場では新旧の門弟衆が真新しい稽古着で体を動かしていた。

「おお、酔いどれ小籐次どのと駿太郎どのが見えたぞ。師匠にお知らせしろ」

と古参に命じられた若い門弟が走り去り、

「具足開きの儀、おめでとうございる」

と挨拶した小籐次は、

「赤目小籐次どの、本日は来島水軍流の奥義を披露とか、ご苦労にござる」

と名も知らぬ門弟に導かれて道場に向かった。一方、蛙丸をアサリ河岸の一角に舫った駿太郎は、

「酔いどれ様を案内してこられたか」

とか、

「本日の古参対若手門弟の対戦楽しみにしておるぞ。そなたは若いとはいえ赤目小籐次どのの嫡子、古参組の一員であろうな」

と門弟衆から問われた。

「いえ、それがし、桃井道場の若輩門弟、当然若手組の末席を汚します。よろし

くご指導ください」

と駿太郎は如才なく挨拶した。

広々とした桃井道場には具足開きの儀を見物する門弟衆が羽織袴姿で道場の壁際四周に無数居流れ、道場のなかほどには本日立ち合いを為す古参組と若手組がすでに体を動かしていた。

駿太郎は父がいるかと見所を見たがその姿はなかった。

「駿太郎、父御の出番まではちと間があるでな、別棟の控えの間に通られ、来島水軍流の奥義披露まではそちらに休んでおられるわ」

南町奉行所定町廻り同心にして桃井道場の先輩門弟の近藤精兵衛《こんどうせいべえ》が告げた。

「近藤様は古参組の一員にございますね」

「駿太郎、それがな、年の瀬に金子を集《たか》る道場破りを取り押さえようとした最中、背後から手槍で突かれて不覚にも傷を負ってな、傷は大したことはないが仲間に迷惑をかけてもならず師匠の桃井先生に相談したのだ」

と残念そうに漏らした。

「なんとも不運でございました。ではお出になれない」

「そうなのだ。それがしの代わりに南町の臨時廻り同心の立石慎吾《たていししんご》が出ることになった。桃井道場節目の具足開きの儀、出られぬのはなんとも残念至極だ。おお、そうだ、そなた、立石慎吾を承知ではあるまい。というのも、立石、長いこと江戸から京都代官所に派遣されておったからな」

と稽古をなす門弟衆のなかから立石を呼んだ。

立石慎吾を駿太郎は桃井道場に入門したばかりのころ見たことがあった。凜々しい剣術家と覚えていたが、いまや三十過ぎか貫禄が備わった武芸者に変身していた。おそらく京でも捕り物の現場にいて修羅場を潜ってきたのだろう。

「おお、赤目駿太郎か、いくつになった」

「十九歳になりました」

「そなたの噂は京にも聞こえてきたわ。そなたと父御の酔いどれ小籐次様が旧藩の森藩に出向かれる折り、京に立ち寄られたな。それがし、御用で京を離れておって、無念にもそなたら父子に会えなかった。こたび、近藤どのの怪我によりそれがしに番が回ってきた。もし、そなたと立ち合うことが出来ればとなんとも楽しみじゃぞ」

「その折りはご指導お願い申します」

駿太郎が言うところへ桃井春蔵らが道場に姿を見せて、道場内にぴーんとした緊張が奔《はし》った。そのなかには父親の小籐次の姿はなかった。

駿太郎は備前古一文字則宗を近藤精兵衛に預けて、木刀を手にした。

「駿太郎、われら新入り組五十人は、あちらに控えるのじゃぞ」

駿太郎より三年先輩の三十木《みそぎ》太郎次が見所に向かって左手の壁側の席を指し、

「三十木様、それがし、迷惑を掛けぬようにします。どうかよろしくご指導くだされ」

と新人門弟衆のなかでは一番年かさの三十木に願った。

「なにをいうておる。われら、古参門弟衆に叩かれに出ていくようなものだ。だがな、唯一太刀打ちできるのが駿太郎だ。古参衆に一矢報いるとしたらそなたしかおらぬわ」

と忌憚のない言葉を吐いた。

「えっ、それがしがですか」

「おお、いくらなんでも酔いどれ小籐次様の嫡子を殴りつける兵《つわもの》はおるまい。聞くところによると、父御は本日来島水軍流の奥義を披露するというではないか。さすがに桃井道場の古株といえども天下の酔いどれ様に恨みを買いたくはあるまい。ともかく戸惑っておる古株のひとりふたり、われらの代わりに殴りつけてくれぬか」

三十木の考えは駿太郎の力を認めてのことではなかった。

「ううーむ、父上も最近では隠居と称して剣術の稽古などしておりませんぞ。数日前より桃井先生のご依頼に慌てて、須崎村のとある大名家の抱屋敷の道場にそれがしといっしょに稽古にいったくらいです」

駿太郎は話柄を転じてこう父親の近況を告げた。

「なに、赤目小籐次様はさような体たらくか、ううーん、赤目父子は恃《たの》みにできぬか」

と三十木がいうところに、ひょこひょこ、と小柄な年寄りが姿を見せて神棚に拝礼した、むろん赤目小籐次だ。そして、桃井春蔵の、

「ご一統に申し上げる。天保三年の鏡心明智流桃井道場の具足開きの儀、酔いどれ小籐次こと赤目小籐次どのの来島水軍流の奥義披露にて幕開けと致す。赤目どの、お願い申す」

との紹介に小籐次がぺこりと桃井に、さらには道場の一統に向かって腰を折って一礼した。

「赤目小籐次にござる。近ごろ隠居と自任しておる年寄りのわしですがな、桃井

先生に『剣術家は死の刻まで剣術家にござる』と諭されてこの場に厚かましくも出てまいり申した。

じゃが、さる西国の大名家下屋敷の厩番であったわしが剣術家であったかどうか、桃井先生の言葉に応えるためにはこの場におる倅の力を借り受けようと思うが、宜しゅうござろうか」

との願いに、

「おお、酔いどれ小籐次・駿太郎父子の競演、過ぎし日、城中白書院で十一代徳川家斉様の前で技を披露され申したな。よかろう、赤目どの、白書院と同様に桃井道場で父子の競演、見せてくだされ」

と桃井に許され、駿太郎は桃井道場に詰め掛けた門弟衆や他流派の剣術師範の前に呼び出された。

「父上、かような大事は前もって話してくだされ」

駿太郎が父親に文句をつけた。

「すまんな。そなたが一番親父の力は承知であろうが。まず父子でな、早々に恥を掻いて次なる催しの前座としてもらおう」

「父上、次なる催しにそれがしも出ます」

「おお、そうか、ならば早々に済まそうかのう」

なにしろ年寄りの小籐次は、このところ耳が急に遠くなり、己の声も大きいことに気付かない。ゆえにふたりのやりとりは道場内の一同に伝わっていた。ふたりを微笑みの表情で見ていた桃井春蔵に、

「赤目駿太郎、よいか、父御を助けて存分に来島水軍流披露されよ」

と改めて命じられ、

「桃井先生がああ申しておられます。父上、ご隠居の遊び芸では済みませぬぞ。この場におられるのは名代の剣術家がたばかりです」

「分かっておるわ、駿太郎。とは申せ、今さらどうにもなるまいて。わしが来島水軍流の序の舞を皮切りに正剣十手、どこまで演じられるか試してみようか。よいな、駿太郎、年寄りのわしが動き易いように演じよ」

そんな父子の問答を道場内の見物人が聞いて微苦笑していた。

「うう-む、酔いどれ小籐次が申す通り、下屋敷の厩番の真似事か」

と密かに蔑《さげす》む者もいた。

「父上、ならばそれがしも備前古一文字則宗に代えてようございますか」

「許す」

との父子の問答を聞いていた近藤精兵衛が駿太郎の差し料を差し出した。

「近藤様に迷惑をかけそうな気配です」

「なんのなんの、酔いどれ様とそなたのとぼけた問答、ご一統様は喜んで聞いておられるわ。いいか、父御の小籐次どのの好きなように倅として付き合え」

と言葉をかけ、駿太郎だけに聞こえる潜み声に落とすと、

「この場にな、何人、名代の剣術家がおられようと、そなたら父子に敵うお方はおられぬわ。最前も桃井先生が触れられたが、かつて白書院にて御三家御三卿、加賀金沢藩、薩摩島津藩の大大名が見守るなか、来島水軍流の奥義を披露し、その折り、駿太郎は、この備前古一文字則宗を上様より拝領した若武者ではないか。この場にひとりとしてさような来歴の剣術家はおらぬ」

と近藤は繰り返し発破をかけた。

道場の真中で父子は改めて神棚と一座に一礼して向き合った。

小籐次の腰には先祖伝来の刃渡二尺一寸三分の備中国次直が、駿太郎は家斉公から下賜された備前古一文字則宗二尺六寸余の大業物を携えていた。

両人が向き合った途端、和んでいた道場内に、

「おっ」

と驚きが奔り、

「伊予水軍より伝わりし一子相伝の来島水軍流正剣十手の披露にござる」

と、しわがれ声ながら厳然たる小籐次の声音が響き渡って一同が震撼した。

「序の舞」

小籐次の宣告とともに両人が腰の業物を抜くと、ゆったりとした剣《つるぎ》の舞が始まった。父子ともに動きに寸毫の弛緩もなく、ゆるゆると舞われる能楽を連想させた。むろん扇ではなく本物の刃がひらめくのだ。場内から、

「おお、これが上様や御三家が感嘆した来島水軍流の序の舞かな」

とか、

「優美なり、見事なり」

などと漏らす言葉が聞こえた。

が、父子は一子相伝の秘技に没頭していた。

どれほどの時が流れたか。

流れ胴斬りに移ると小籐次が小柄な体を俊敏に動かして、背丈の差が一尺五、六寸ある駿太郎と渡り合った。

「おお、さすがに酔いどれ小籐次どの、孫にも等しい十九歳の駿太郎どのを振り

回しておらぬか。これが『御鑓拝借』以来の業前か」

「若さを修錬が補っておるな」

などという声が場内に漏れた。

小籐次が二尺六寸の大業物則宗の刃の下に潜って入ると、

「駿太郎、五手波返しに飛ばすぞ」

と囁き、

「ほれ、ご一統、来島水軍流でも白眉の六手荒波崩し」

と駿太郎に告げた五手の波返しも飛ばす魂胆だ。それでも見物の衆の大半は伊予水軍に伝わる正剣十手など承知していないから構わなかった。

「倅や、そろそろ十手の波小舟に移ろうか」

と小籐次が囁いた。

「えっ、六手から十手ですか。いささか乱暴に過ぎませぬか」

「そこはわしに任せておけ」

小籐次は悠揚と波小舟を演ずると、

「来島水軍流、一瞬の技にして永久を感じさせる流儀にござります。さあて、ご一統」

と言葉を切り、

「年寄りがいつまでものさばるのは、どのようなご時世にも決して良きことではございますまい。それがしの来島水軍流正剣十手に続き、今から五年前、初めて訪れた伊予の灘、野分吹き荒れるが如き潮に触発されて倅、十四歳の駿太郎が生み出した新しき技、その名も『刹那の剣一ノ太刀』をご覧に入れまする。家斉様が下賜された備前古一文字則宗にて演じまする」

と宣告した当人はするすると下り、十九歳の駿太郎に譲った。

「孫の如き年齢の駿太郎を赤目どのが振りまわしておると思うたら、なんと酔いどれ小籐次め、倅に託してさっさと引き下がりおったわ」

「年寄りはどなたも狡猾《こうかつ》よのう」

などという声が密かに囁かれた。

そんななか、駿太郎が独り道場の中央に残された。

「恥知らずにも十一代将軍徳川家斉様の前で演じてから七年の歳月が過ぎましてございます。不肖赤目駿太郎の創始した技、いかなるものかご覧くだされ」

と宣告した駿太郎が腰に差した則宗の柄に手をかけ、瞑目して神経を集中させた。

両眼が見開かれた。らんらんと放った眼光が一座を貫いた。

すっ、と腰が沈み、同時に則宗が抜き放たれていた。

刃渡二尺六寸がなんとも大きく見る者には感じられた。そして一剣から野分が生じたか、迅速にして果敢、雄大にして巧妙な技が桃井道場を圧した。

烈風が道場内を吹き荒れ、すべての思考と動きを封じ込めていた。

圧倒された一同は無言で駿太郎の「刹那の剣一ノ太刀」を凝視するしかなかった。

吹き荒れた強風が不意に止まった。

駿太郎の手の古一文字則宗がゆっくりと鞘に収まった。

その瞬間、鏡心明智流桃井道場に穏やかな正月十一日の具足開きの儀が戻っていた。

すたすたと道場の端に下がった駿太郎が則宗を鞘ごと腰から抜くと正座した。

そして、遠く見所の正客や立って駿太郎の行いを見ていた桃井春蔵を見、さらに十重二十重《とえはたえ》と壁際に集う剣術家に視線を移して、深々と一礼した。

長い低頭だった。

沈黙が続いた。不意に、

「ふっふふ」

と笑いが見所下から起こった。

道場主にして赤目駿太郎の剣術師匠の桃井春蔵だった。すると見所の正客の剣術指導者らから桃井につられて笑いが起こった。この後の若手門弟衆との試合に出場する古参組たちが携えていた木刀を立て、柄頭《つかがしら》で、

「コツコツ」

と床板を叩き始めた。

小籐次はその模様を眺め渡していた。

「刹那の剣一ノ太刀」への反応は、駿太郎の創始した技への共感と崇拝であることをだれもが察していた。

「酔いどれどの、そなたの所感をお尋ねしようかのう」

と桃井が質した。

その問いにしばし無言で応じていた小籐次が、

「桃井春蔵どの、わしが隠居した曰くがお分かり頂けましたかな。

この場の多くの方々は、駿太郎が赤目小籐次の実子ではないことを承知にござろう。さよう、剣術家須藤平八郎どのの嫡男でござってな、須藤どのの大らかな

剣風を引き継いでただ今の赤目駿太郎があると、不肖酔いどれ小籐次、確信しており申す」

小籐次の言葉にうんうんと首肯していた桃井春蔵が、

「赤目小籐次どのにお聞きしよう。須藤平八郎どのは存命かな」

「いえ」

「さよう、赤子を負うた須藤どのは刺客としてそなた赤目小籐次どのの前に立たれたな。勝負を前に須藤どのは、『それがしが敗北した折は赤子をそなた赤目小籐次の手で育ててほしい』と願われたそうな。その赤子が駿太郎でござるな」

小籐次は未だ道場の端で平伏低頭したままの駿太郎を見て、

「いかにもさよう」

「ならば十九歳の若武者の体内には須藤どのの血と、育ての親の赤目小籐次の教えが伝わっていよう。駿太郎の『刹那の剣一ノ太刀』は剣術家ふたりの血と教えの賜物《たまもの》にござる」

と桃井春蔵が言い切った。

この年の鏡心明智流桃井道場の具足開きの儀は、若き剣術家赤目駿太郎平次の披露目でもあった。

第五章　愛の活躍

一

ふたたび赤目小籐次と駿太郎父子にふだんの暮らしが戻ってきた。

芝口橋の袂《たもと》、紙問屋久慈屋の店先にふたつの研ぎ場が設けられ、ふたりがゆったりと競い合って研ぎ仕事をしていた。これが父子の本業だった。

不意に人影が両人の前に立ち、しゃがんだ。なにも言わず研ぎ仕事の手先を見ている。

父子は研ぎに没頭してその者に応ずる気配もない。

「おい、酔いどれ様よ、駿太郎さんよ」

と沈黙が耐えがたいか、声をかけたのは読売屋の書き手にしてなんでも屋のほら蔵こと空蔵だ。

「おまえさんたち、桃井道場の具足開きの儀でよ、父子で来島水軍流を演じたらしいな。ついでに駿太郎さんは、『刹那の剣一ノ太刀』を披露して江戸じゅうの剣術家の猛者《もさ》を感嘆させたというではないか。どんな気分だえ」

空蔵が話しかけたが父子はなんの反応もない。

「おりゃな、そのことを聞かされたがよ、酔いどれ父子が数多の剣術家を突拍子もない芸で驚かすのは毎度のことだろうが。そんなことは、おれも百も承知だ。なにしろただただ剣術修行を何十年も無難に務めてきた剣術家はよう、融通の利かない面々だろ。そんなくそ真面目でよ、頑固な面々をこのふたりがぎゃふんと魂消《たまげ》させた。どこが面白い、おりゃ、ふーんとしか思わなかったね」

と話し続ける空蔵を父子は見向きもしない。

久慈屋の帳場格子のなかに控える大番頭の観右衛門が手をひらひらさせて割り込もうとした。すると隣に座った久慈屋八代目の主の昌右衛門が眼差しで大番頭のお節介を止めた。

長年繰り返される父子とほら蔵の駆け引きだ。

三人に任しなされ、と若い主が老練な大番頭に命じていた。

観右衛門も主の無言の制止に声をかけるのを止めた。そんな様子を空蔵もちらりと見ていた。久慈屋では若い八代目のほうが赤目父子と空蔵のやりとりを慎重に見ている。

空蔵は久慈屋の主従の思惑は別にして、最後まで説得しようと腹を固めた。

「おりゃな、これまで話したことはどうでもいいのよ。それよりさ、アサリ河岸の鏡心明智流桃井道場の正月十一日の具足開きの見ものは、古参五十人と若手門弟衆五十人の立ち合いじゃなかったかえ。こちらはよ、酔いどれ小籐次なんて異名を持ついかさま師まがいの技をうんぬんする話じゃねえやな。いいかえ、駿太郎さんと同じ年ごろの若手門弟のこれからがかかった立ち合いだ。そんな立ち合いがどうなったかよ、この空蔵は気になったのよ。これでも答えないかえ」

空蔵が縷々と訴えた。

だが、父子が答える風はなかった。

「ふうっ」

と息を吐いた空蔵が立ち上がり、

(やはりダメか)

という表情で久慈屋の帳場格子を眺めた。

大番頭の観右衛門は空蔵と視線を交わらせないように顔を下に向けて、大福帳でもつけている気配だった。

空蔵は主の昌右衛門に会釈をした。すると昌右衛門が無言で、お出でお出でをした。

（はあっ、わっしをお呼びですかえ）

と空蔵が己の顔を指先で差した。昌右衛門が、こくり、と頷いた。

「へえ、はあ」

とばかりそろりと研ぎ場を離れて久慈屋の店の敷居を跨いだ。

広々とした板の間の奥の帳場格子の昌右衛門が背後を差してみせた。

（えっ、お店座敷に通れってことですね。へえへえ）

研ぎ場の仕事の邪魔をする空蔵に、昌右衛門が出入り禁止を命じるのかと一瞬考えた。

（ともかく厄介話だな）

と覚悟した空蔵は三和土《たたき》廊下からお店座敷に上がった。

しばらく待たされたあと、足音がした。なんと姿を見せたのは大番頭の観右衛門だ。その顔も訝し気であった。

「おりゃ、八代目に呼ばれたんだがね」

「はい、私も主にお店座敷に行きなされと命じられました」

「どういうことだえ」

「私も主の真意は分かりませんが、こんな機会に空蔵さんとふたりだけということは、桃井道場の一件を話していいということではないでしょうかな」

「そ、そんなことありか」

と空蔵がお店の帳場格子の辺りを差した。

「ほかになにか考えられますかな」

空蔵は観右衛門の顔を正視し、

「ねえやな」

と言い、

「大番頭さんは桃井道場の具足開きの模様承知ですかな」

「はい、お聞きしましたで承知です。空蔵さんはご存じない」

観右衛門はだれから聞いたとは言わなかった。

「いやね、だれとはいえないがあの場で見物していた人何人かに聞きましたから、このほら蔵も半ば承知です」

「なんですね、半ば承知というのは」

「だからさ、酔いどれ様と駿太郎さんが来島水軍流の奥義を演じて喝采《かっさい》を浴びたところは聞きましたからおよそ承知です。ところが皆さん、桃井道場の道場主に他言を厳しく戒《いまし》められたとか、古参五十人衆と若手門弟五十人衆の立ち合いの模様はどなたも話してくれませんでね」

　と空蔵が首を傾げた。

「いえね、私どももまた赤目様父子からなにも話を聞かされていませんのさ。酔いどれ様は、具足開きの場での、古参と若手門弟の対戦は将来がかかっているゆえ軽々しく話すべきことではないと申されましてな」

「大番頭さんはつい最前承知といわなかったか」

　空蔵の問いにがくがくと頷いた観右衛門が、

「話を聞かされないと知りたくなりますな」

「わっしの気持ちが分かるよな」

「空蔵さんは商いですからな」

「へえ、儲けが絡んでおりますよ。で、大番頭さんはだれから聞きなさったのですな」

「八代目の主の命でな、祝儀を持たされてアサリ河岸の道場を訪ね、いささか遅れましたがと断って、桃井春蔵先生にお会いした折にお聞きしました」

「えっ、桃井先生はすべて話したかえ」

「うちにとって大変貴重でかつ厳しい結果だと申されてな、赤目父子の演武も古参対若手の試合の模様も」

「聞いたかえ、大番頭さん」

「お聞きしました」

空蔵がしばし沈黙し、

「おれにも試合の模様を聞かせてくれないか」

「ううーん、読売になりますかな」

「どういうことだ」

「一行で済みます」

「はああっ、どういう意だえ」

「空蔵さん、売れる読売を書き上げる自信がありますかな。ならばひと言で試合の模様をお話ししましょう」

「売れる読売な、よし、おれもほら蔵と呼ばれる読売屋だ。芝口橋で売り出していいんだな」

「はい、大売れに売れる読売ならばですよ」

「何度も断ることはないぜ。よし、話してくんな」

と空蔵が顔を引き締めて促した。

「赤目駿太郎さんが古参五十人を順繰りになで斬り、いえ竹刀で多彩な技であっさり五十人全員を負かしたんですよ」

「な、なんて話だ。古参のなかには駿太郎さんが生れる前から桃井道場の門弟でさ、それなりの力の持ち主もいないかえ。それが駿太郎ひとりに負けたってか」

空蔵の問いに観右衛門はすぐには答えなかった。間をおいたあと、

「桃井春蔵先生はね、古参の弟子たちは赤目小籐次の来島水軍流の奥義披露はもとより、赤目駿太郎が創始した『刹那の剣一ノ太刀』の技に仰天したまま、駿太郎さんと立ち合った。ゆえに手も足も出なかったのであろうと、苦渋の表情で申されたのです」

「な、なんてことが」

空蔵とて駿太郎が酔いどれ小籐次の継嗣であることも、刺客として小籐次と対決して敗北した須藤平八郎の実子であることも承知していた。つまりは、実父が

須藤平八郎、養父が赤目小籐次というふたりの剣術家なのだ。だが、江戸では名の通った鏡心明智流桃井道場の古参五十人が完敗するとは夢にも思わなかった。

「た、確かに一行で済むな。おれだって桃井春蔵が当代稀有《けう》の剣術家と承知しているぜ。その桃井先生が育てた門弟たちが十九歳の駿太郎に手もなくひねられたとあってはな、長々とは書けねえな」

「でしょう」

と言った観右衛門が腰の煙草入れから煙管《きせる》を出して刻みを詰め込んだ。そして、客座敷にあった莨盆《たばこぼん》を引き寄せ、気分を落ち着けるように一服吸った。

「空蔵さんや、桃井先生の複雑なお気持ちを察せられますな」

「おお、自分が十四年かけて育てた五十人が、酔いどれ小籐次の倅とはいえ桃井道場の、未だ若手門弟のひとりにあっさりとやられた」

と要約して、

「ふうーっ」

と思わず息をした空蔵に観右衛門が話の先を告げ始めた。

「桃井先生は駿太郎さんの仲間の若手門弟に駿太郎さんと立ち合うよう命じられたそうな。こちらは最初から力量の差が知れた面々だ」

「あっさりと負けたよな」

「は、はい」

　と煙管を口に持っていった観右衛門が、

「ただし、駿太郎さんは四十九人の仲間とは数合ずつ打合いをしたそうな。中には相打ちのようにして避けた仲間もいたとか」

「なんだと、古参の弟子より新弟子のほうが強いのか」

「いえ、新弟子は駿太郎さんの凄みを心から感じておらぬのです。ゆえにいつもの稽古のように立ち合った。桃井先生の言葉を借りれば、桃井道場の門弟衆二組九十九人があっさりと赤目駿太郎一人《いちにん》に弄《もてあそ》ばれたというわけです」

「魂消たな」

「どうなされますな」

「どうなされるとはなんのことだ」

「そなた、この話を読売に書かれますかな」

「書き手としてはぜひとも載せたい話だよな」

「はい。その代わり」

「おりゃ、もう久慈屋に出入りできないよな。世間にはいろんな読み手がいらあ。

桃井道場の九十九人の将来を左右する出来事は書いちゃあならねえよな」

「それでこそ、ほら蔵を敢て自任する空蔵さんですよ」

と観右衛門がにっこりと笑い、もはや吸い切った煙管を咥《くわ》えた。

だが、話が終わってもほら蔵は立ち上がらなかった。その代わり、

「赤目父子に告げてほしい話があらあ。大番頭さん、おまえさんの口からふたりに言ってくれないか」

と願った。

お店座敷から先に空蔵が久慈屋の店に出て、昌右衛門に会釈すると相変わらずせっせと研ぎを為す赤目親子に視線をやり、無言で表に出ていった。

しばらく間をおいて観右衛門が店に姿を見せ、

「赤目様、駿太郎さんや、今日はいささか刻限が早うございますがな、昼餉の仕度が出来たそうな。台所に参られませんか」

と声をかけた。

「おお、わしら親子が一番乗りですかな」

小籐次が恐縮の体で返事をして研ぎ場から立ち上がった。

研ぎ屋父子が手を洗って久慈屋の広々とした台所に行くと具材がたくさん入ったうどんが出来ていた。むろん駿太郎には大きな握り飯が三つ用意されていた。

にっこりと笑った駿太郎にお鈴《すず》が丼に具材をてんこ盛りしたうどんを装《よそ》ってくれた。

お鈴は、丹波篠山の老舗の旅籠《はたご》の娘で、老中青山忠裕の密偵おしんの従妹であった。篠山から江戸に伴ってきたのは、赤目一家だ。

「空蔵さんはこちらで昼餉は馳走にならなかったのかな」

と小籐次が観右衛門に訊いた。

「かの御仁はうちの身内ではありません」

大番頭の言葉になぜかお鈴がこっくりと頷いた。どうやらお鈴はすっかりと久慈屋の奉公に慣れ切ったと駿太郎は思った。

「さようか、わしら父子は身内として遇して頂けるかな」

「当然ですぞ」

といった観右衛門が、

「おお、空蔵さんから伝言が御座いましてな。忘れぬうちにお伝えしておきましょうかな」

「おや、改めて持って回った言い方をなさるな」

「へえ、空蔵さんの版元気付で文が届いたそうな」

「わしらに宛てた書状かな」

「いかにもさようです」

うどんの丼と箸を持った駿太郎が観右衛門を見た。

父子を交互に見やった観右衛門が、

「近々、夢想谷三兄弟が三十間堀の加古李兵衛道場に訪れるそうな。はっきりと
した日にち刻限は付記されてなかったそうです」

「いつの日か、かような呼び出しがあるとは思うておりました」

とだけ駿太郎が応じて、小籐次が頷いた。

二

駿太郎が加古李兵衛と孫娘愛に会い、この旨を告げると、
「われらには理不尽な申し出ゆえ、いつもどおりの暮らしを続けるだけでござ
る」

としばし思案した李兵衛が答え、愛も頷いた。

「父の赤目小籐次とそれがしに宛てた文です。本日より、こちらの道場でそれがしもご一統といっしょに稽古をして宜しいですか」

と駿太郎が願った。

「なんとも心強いことです。稽古が楽しみです」

と愛が答え、駿太郎は道場で稽古をすることになった。

独り稽古のあと、愛と竹刀を交え、さらに数少ない町人の門弟衆に和やかに指導を為した。そのあと駿太郎は、三十間堀に舫った、苫屋根を載せた蛙丸のなかで三兄弟の到来を待ち続けた。出来るだけ加古家の暮らしに立ち入らないようにと考えてのことだ。

いつのまにか正月は半ばを過ぎ、江戸では梅の盛りは過ぎようとしていた。

だが、夢想谷三兄弟が加古道場に訪れる気配は一向になかった。こちらの焦りを誘おうと考えてのことかと、駿太郎も愛も推量していた。

かれらが一番に狙っているのは加古道場の沽券であろう。また剣術家の三兄弟としては真剣の末弟を竹刀一撃で倒した赤目駿太郎との再戦も目的だと承知していた。

この日、小籐次は、久慈屋でいつものように研ぎ仕事をしていたが、仕事の合間に三十間堀の道場を訪れ、李兵衛と話し合った。

「この一件、最初からいまひとつ三兄弟の申すこと理解がつかぬ。こたび空蔵の読売屋に文を届けてきおったが、真に姿を見せるであろうか」

「酔いどれどの、われらもなんのことやらわかりませぬ。あの者ども、酔いどれ様と駿太郎どの両人まで巻きこみおって、申し訳ないこと甚だしい。どうしたものかのう」

と李兵衛が首を捻った。

むろんこの三兄弟の書状での通告を南町奉行所も承知しており、定町廻り同心の近藤精兵衛や近藤の配下として働く御用聞きの難波橋の秀次親分らが加古道場にしばしば訪れていた。

近藤らは、加古李兵衛に、

「われら、加古道場の沽券がからむこの一件、正直首は突っ込みたくない」

と立場をこう説明したうえで、

「だがな、あのような輩に見す見す加古道場が奪いとられて三十間堀から消えるのを見たくはござらぬ」

と言い添えた。近藤同心もまた三十間堀界隈で愛される細やかな剣道場を気にかけていたのだ。

「近藤どの、町奉行所にまで迷惑をかけるわが倅、これほどまでに落ちぶれたかと父親のわしは悔しい想いでござる。出来ることならば東軍新当流加古道場を、孫娘の愛に継がせとうござる。されど、正行が認《したた》めた借用証文四百十五両二分もの大金など加古家にあるわけもなし」

と李兵衛が慨嘆するのを難波橋の秀次親分が、

「卜全正行様の借用証文は本物ですかえ」

と念押しした。

「親分、腹が立つことに借用証文の字、わしが幼い折りより読み書きを教えてきたが、そのままでござる。あやつの字はいささか癖がございましてな、右肩上がりの行書でござってな、まず正行の字に間違いはござらぬ」

と李兵衛が言い切った。

この言葉を聞いた秀次と近藤同心が視線を交わし、

「李兵衛先生さ、世の中にはいろんな才を持った御仁がおられよう。たとえばよ、卜全正行様の手跡、おめえさんならば真似できないかえ」

と秀次が言い出した。

「そりゃ、このわしがあやつの師匠だ。わしならば書くことはできような」

「ほう、書けるね。で、あやつらから見せられた証文の文言、覚えていますかえ」

「借用証文の文言はほぼ決まった形式にござるし、長いものではござらぬ。相手の夢想谷太郎兵衛の名は真似できないが文言も手跡もはっきりと覚えてござる」

「ならば、李兵衛様、倅の卜全正行様が書いたと同じ借用証文を書いてくれませんかね」

「できないことはないが、親分さん、なんのために借用証文の偽物をつくれと言われるな」

「それは本物と同じ証文ができたあとに答えよう、いまは訊かないでくれないか。出来るだけ早く仕上げてくれませんか。やつらが来る前にな」

と秀次に言われた李兵衛は、承知するほかになかった。

「本日夕刻までに願う」

と秀次がさらに要求した。

長いこと沈思した李兵衛は、秀次親分の要求に頷き、その日のうちに熟《こな》して渡した。

近藤同心と秀次は、三兄弟が持参した加古卜全正行直筆という借用証文がだれかの書いた偽物ではないかと推量し、出回っている偽証文のひとつとして「二枚目の借用証文」を拵えさせたのだ。二枚の証文を、

「南町奉行所に提出する」

と言えば、夢想谷三兄弟はこれまでの自分たちの所業がばれるのを恐れ、引き下がるのではないかと考えてもいた。むろんかような近藤同心と秀次親分両人の企みは南町奉行所が公に同意しているわけではなかった。

この一件を秀次から聞かされた小籐次は、

「面倒にならなければよいがな」

と案じた。

「あやつら、これまでいくらでも悪さをしでかしていますぜ。町奉行所に出頭してもらって白黒つけると言えば、引き下がると思いませんかね」

「ううーん」と唸った小籐次に、

「ほかになんぞ知恵がありますかえ」

「わしに悪知恵などないわ。それにしても定町廻り同心と御用聞きの親分の考え

ることではないな」

「ダメですかね。やるだけやってみねえと三十間堀の加古道場があんなやつらに乗っ取られてしまうのですぜ」

「それも困るのう。道場の裏手の狭い畑に鶏が餌をついばむ光景は得難い。ところでこの一件、三兄弟とそなたらが直に対決するのかな」

「いえ、それですがね、やはりここは加古李兵衛様が対面し、われらが無言で同席する形をとりたいのですがな」

しばし沈思した小籐次が言い出した。

「この対面の結果はわしには分からぬ。加古道場が不利に陥った場合だが、『借用証文を当人が書いたというのなら、加古卜全正行を連れてこよ』と主張してみよ。李兵衛どのの倅は美作国におるのであろう。もはや美作からさらに江戸を遠く離れた西国辺りを放浪しておらぬか。いくらなんでも三兄弟も連れてこられまい」

「おお、そいつはいい考えですぜ」

と秀次親分が満足げな笑みを浮かべた。

この夜から、小籐次は久慈屋に泊まり、駿太郎は引き続き道場から離れた三十間堀に研ぎ舟蛙丸を舫って、三兄弟の訪いに備えていた。

だが、三兄弟が現れる気配は全くなかった。

小籐次は久慈屋の小舟でおりょうたちの暮らしに変わりないか、時折り確かめに戻った。小籐次と駿太郎の父子が町中に居る以上、望外川荘が手薄になってしまう。そんな望外川荘のおりょうたち女衆が狙われることを案じたのだ。だが、今までのところそんな様子はなかった。

この日も見習番頭の国三が櫓を握って小籐次を須崎村に連れ戻った。すると望外川荘から賑やかに女衆の笑い声が聞こえてきた。

「おや、こちらは至って長閑、なんの騒ぎもなさそうじゃな」

「おりょう様に、薫子様、もうひとりはどなたでしょう」

と国三が小籐次の安堵の言葉に応じた。

「もしやして小普請支配の片桐家の麗衣子様ではないか」

「そうか、片桐家のお姫様でしたか」

「おお、正月も半ばを過ぎて抱屋敷に遊びに見えておられるのではないか」

と小籐次が答えたところにクロスケとシロの二匹が竹林からワンワンと吠えな

がら船着場に姿を見せた。

「おお、クロスケ、シロ、望外川荘を護っておったか。感心感心」

と小籐次に褒められた二匹の飼い犬がいよいよ船着場を飛び跳ねた。

小籐次と国三が船着場から庭に出てみると小籐次が予測していたように片桐麗衣子の姿があって望外川荘の女中のお梅を含めて四人が縁側で梅見を楽しんでいた。

町中と違って須崎村は気温が低く、ただ今が梅の盛りだった。

そんな日々が繰り返された正月下旬のある日、加古道場に読売屋の空蔵が小籐次に伴われて訪れた。稽古の終わった刻限で道場には駿太郎もいた。

空蔵は三兄弟の文を赤目父子と李兵衛と愛には見せたが、読売にこの一件を載せることはなかった。空蔵も夢想谷三兄弟の真意が分からないので、無視することでかれらの反応を窺おうとしたのだ。

「おや、なんぞあの者どもが新たな文でも寄越しましたかな」

と李兵衛が質した。

「いや、そうではないのだ。あやつどもの企てがいまひとつ推量できぬでな、騒ぎ立てしたくはない。だが、このままではお互いふだんの暮らしに戻れまい。ゆえに改めて読売に盛大にこのばか話を取り上げてな、あやつらを反対に煽ってはどうだと、空蔵が申すのだ。どう思うな、この企て」

と小籐次が訪いの曰くを告げた。

「ううーむ」

と唸った李兵衛が、

「あやつらの企みに乗せられまいと、ふだんどおりの暮らしをしようとすると、却ってふだんの暮らしから遠のくようでな、確かに落ち着かないこと甚だしい」

と漏らし、

「私も爺上と同じ気持ちなの。平静なのは駿太郎さんだけね」

と愛が駿太郎を見た。

「いや、それがしもこの一件に動きがないことに苛立っております。と同時に望外川荘を留守にしていることが気になっております。むろん父上だけでなく難橋の秀次親分さんたちが須崎村を折々訪ねてくれるのは承知しておりますが、三兄弟の思惑で、われらがかような仕儀になっておるのは、どうも腹立たしいのです」

「なんぞ空蔵さんにお知恵がありますか」

と愛が駿太郎から空蔵に視線を移して質した。

「ううーん、さほどの知恵はありませんがな、こちらから三兄弟を道場に呼び出して尋常勝負を誘いかけてはどうでしょう。相手は夢想谷三兄弟、こちらは加古愛様と駿太郎さんのふたりです。三対二の立ち合いをうちの読売に派手に書けば、江戸じゅうの騒ぎになるのは間違いない。やつら兄弟の矜持を傷つけるような書き方をわっしがしますからね、そしたら出てこないわけにはいかなくなりませぬか」

と空蔵が問うた。

「ほう、こちらは酔いどれ小籐次様の出番はなし、若いふたりで十分と読売に言い放ちますか」

と李兵衛がどことなく危惧する表情で言った。

「爺上、いつまでもこのままでは私たちの暮らしも立ちゆきませんし、赤目様一家にも迷惑をかけ続けることになります」

と愛が言い切った。

「ならば試してみるか」

と加古道場の主が跡継ぎに言い、空蔵の提案に決まった。

翌日の四つ（午前十時）前のことだ。

芝口橋に久慈屋から台が運ばれ、書き手として徹宵《てつしょう》して頑張った空蔵がこんどは売り方として出来上がったばかりの読売を携え、使い慣れた細竹棒を片手にその上に立ち、辺りを悠然と見渡した。

ここ芝口橋は、五街道のひとつである東海道上にあり、江戸で最も繁華な日本橋と第一の宿場品川との間だ。千代田城に登城する武家方も、商いに走るこの界隈の老舗大店の奉公人衆も、道具箱を肩に担いだ職人衆も大勢が乗物や徒歩で往来していた。

空蔵が欄干の傍らに置いた台の上から見慣れた光景を改めて確かめ終えると、

「江戸でも日本橋に次いで名高い芝口橋を往来のご一統様、穏やかな日和の正月もあと数日で如月《きさらぎ》を迎えますな。大雪の師走新年から一転して和やかな天気、なによりのこととお喜び申し上げます。さあて」

と言葉を切って、竹棒を橋の上から紙問屋の久慈屋にゆっくりと向けると、

「あちらではいつものように天下の酔いどれにして剣術家の赤目小籐次様と十九歳の息子駿太郎さんが仲良く研ぎ仕事をしておりますな。父子のなんとも麗しい

光景を見て、『おっ、酔いどれ爺も頑張っていやがるか、よし、おれもひと稼ぎして長屋に戻り、一家で夕餉の膳を前にするか』などとお考えのお方もおられましょう。

はい、穏やかよし、和やかよし、さらに父子麗しきこともまたよしにございます。ですが、いまひとつ胸のうちがわくわくするような騒ぎがないのも事実にございましょう。なんたって、火事と喧嘩は江戸の華にございますからな」

と間を置くと、

「おい、ほら蔵、確かにこのところ江戸が静かだよな。おめえが、竹棒をおれたちの頭上から紙問屋の久慈屋に回したのはよ、酔いどれ小籐次と倅の駿太郎父子が一枚嚙んだ騒ぎがあるってことか」

「おう、よう察しなさった。雪隠《せっちん》大工の八五郎さんや」

「言いやがったな。おりゃ、雪隠大工の八五郎じゃねえや、植木屋の下働き、本日はな、わざわざ品川宿から天下御免の遊里吉原に遠出して仲ノ町の植え込みの土を掘っ繰り返してよ、風にさらそうという、その名も花の桜次様《さくらじ》よ」

「ほうほう、粋な名だね。わざわざ品川宿から吉原まで土いじりに遠出してきた下働きの桜次さんかえ。いいだろう、おめえさんの突っ込みがいいや、芝口橋を往来の皆の衆」

「酔いどれ小籐次が一枚嚙んだ騒ぎがあったか」

と桜次がもう一度質した。

「いや、騒ぎはこれからだ」

「相手はだれだえ」

「美作国は柳生新陰流の免許持ち、剣術の達人夢想谷三兄弟だ」

「おう、過日、この先の三十間堀の加古李兵衛様と孫娘の愛ちゃんがあの界隈の町人衆に教える細やかな剣術道場をよ、われらの道場だなんてふざけたことを抜かした輩だな。こっちは天下の酔いどれ小籐次と駿太郎父子のふたりか」

「それが違いますんで、芝口新町の隠居さんよ」

「そうだよな、先方が三人だ、こちらも赤目父子にだれぞが加わったほうがいいじゃないか、ほら蔵さんや。で、それはだれだえ」

「いやさ、うちはふたりで十分だ。ただしだ、酔いどれ小籐次は最近な、隠居しやがった。違うというのは駿太郎さんと加古道場の跡継ぎの愛さんのふたりってことだ」

「な、なに。相手は剣術家三人兄弟だぞ。十九歳の駿太郎さんと、三十間堀の小さな道場の孫娘のふたりだと」

「おお、夢想谷三兄弟を相手にな、駿太郎さんは姉さん株の加古愛さんとふたりで十分だというのよ。老練な剣術家三人にこの両人、どう思うな」

と空蔵が橋上の一同を見廻した。

「読売屋、待たれよ。相手は柳生新陰流の免許皆伝の三人というたか。確かに赤目小籐次の子息の駿太郎はなかなかの遣い手と聞いておる。だが、いかんせん十九歳になったばかり、真剣勝負では経験が大事じゃぞ。それに町人相手の小さな道場の孫娘か」

「へえ、お武家様、いけませんかね」

「ちと厳しいな。やはりこちらも修羅場を数多潜り抜けた酔いどれ小籐次を加えよ」

「それがさ、最前も言ったとおり、赤目小籐次様は隠居しましてな、駿太郎さんにこたびのことは任せるそうな」

「ならば、駿太郎と加古愛なる娘の両人にそれがしが加わろうではないか」

「お武家様、売り込みかえ。いえね、加古道場の沽券を巡っての諍《いさか》いだ。名目人の愛様は外せないのさ。ともかくさ、駿太郎さんが愛様を後見して、三兄弟からの宣戦布告を受けるわけだ。

またこの三兄弟の末弟が駿太郎さんと立ち合い、真剣で竹刀を相手に喉を突かれて敗北しておるでな、こたびの立ち合いは、相手にとっても二重の因縁勝負よ。この因縁話は事細かに読売に認めてある。三対二の勝負は、こちらからの申し出だ。夢想谷三兄弟がどう出るか」

「読売屋、この真剣勝負、どこで立ち合う心算か」

「それだ、お武家様よ。なんたって三兄弟にとって因縁の場は、加古道場だ。となると加古道場と言いたいが、なにしろ細やかな道場だ、見物しようにも芝口橋にお集まりの衆の半分も入れまい。となると、どうしたものかと、わっしも頭を抱えてね」

「それは容易いことよ」

と最前己を売り込んだ武家方が言い切った。

「どこと言いなさるね、お武家様」

「酔いどれ小籐次と駿太郎が研ぎ仕事を為す久慈屋の店先から望めるこの芝口橋ではどうだな。橋下の堀に船を止め、両岸の河岸道に見物の衆を詰めこめば、何百人、いやさ、千人を超える衆が見物できぬか」

「いいね、わっしも同じ考えだ」

とにたりと笑った空蔵が言い、

「いいかえ、この読売のなかに芝口橋での立ち合いを勧めてある。むろん日時もな、あとは夢想谷三兄弟がこの橋に出向いてくるかどうかにかかっているぜ」

と言い添えた。

そんな空蔵の声にもそ知らぬ顔で赤目父子は研ぎ仕事に没頭していた。

三

空蔵の読売は売りだされたが、夢想谷三兄弟からの反応はなかった。その日の夕暮れ前、空蔵は久慈屋の店先に姿を見せて、

「酔いどれ様よ、おかしくねえか。やつら、なにも言ってこねえぜ。おれがあれだけやつらの所業やら剣術の品格のなさを書き立てたのにな」

と首を捻った。

小籐次はちらりとだけ顔を上げて空蔵を見て、

「そなたの都合ばかりで世の中が進むわけでもあるまい」

と漏らし、仕事に戻った。

「ということはあやつら三十間堀の加古道場の沽券を倅卜全正行の借財がわりに分捕ることを諦めたか」

「そのようなことがあろうかのう」

「となるとあの者たち、この江戸にいないか。どこで逼塞《ひっそく》してやがるか」

と空蔵が自問を続けたが赤目小籐次と駿太郎父子から返答はなかった。そこで空蔵は久慈屋の帳場格子に視線をやったが、八代目の昌右衛門はもとより、大番頭の観右衛門も差し出口をきくようなことはしなかった。

しばし久慈屋の店のなかを沈黙が支配した。

空蔵が力なく立ち上がり、

「おれの腕が落ちたかねえ。読売はそこそこに売れてよ、客はよ、芝口橋の立ち合いが見られるぞって、心待ちにしてたんだがな」

と漏らして久慈屋の前からとぼとぼと立ち去った。だが、空蔵は日本橋の読売屋に戻る前に三十間堀の加古道場に立ち寄り、数少ない町人門弟に稽古をつけ終えた李兵衛と愛に久慈屋と同じことを質した。するとこちらは、

「そなたの思惑とは違い、さような仕儀に立ち至ったか。うちにとって夢想谷三

兄弟が姿を見せないのはなによりの話でござる」

と李兵衛がどことなく安堵の顔で告げた。

「そうかえ、こちらにもあやつらから何も言ってこないか」

「結構結構、空蔵さんや、他に騒ぎのタネを探しなされ」

と言われて空蔵が力なく姿を消した。

かようなやり取りがあってひと月が過ぎ、もはや赤目父子も加古一家も夢想谷三兄弟のことは忘れかけていた。

江戸に桜の季節が巡ってきて、

「うちは舟を出して墨堤の桜を見にいきますよ」

「いや、上野のお山の桜でいっぱいやりますよ」

と芝口橋ではそんな会話が和やかにも交わされていた。

この日、赤目小籐次と駿太郎は、久しぶりに深川の蛤町裏河岸から芝口橋に仕事場を移した。そして、久慈屋の店先に研ぎ場を急ぎ設えてもらい、研ぎ仕事を始めた。そんなふたりが久慈屋で昼めしを馳走になって研ぎ場にふたたび腰を落ち着けたとき、父子の前に、どう見ても裏長屋住まいと思える六、七歳の娘が立ち、

「とぎ屋のじいちゃんってだれよ」

　といきなり聞いた。

「研ぎ屋の爺の小籐次はわしだがなんぞ用事か」

　と小籐次が仕事の手を止めて娘を見た。

　履き古した草履は鼻緒が切れかけて、木綿の単衣《ひとえ》もあちらこちら解《ほつ》れて汚れており久しく洗濯も手入れもされてなかった。

　小籐次も駿太郎もこの界隈の裏長屋の、それも貧乏長屋の住人の子どもと察した。

「三文くれ」

　いきなり娘がいい、単衣の懐に突っ込んでいた結び文を突き出した。

「なに、おまえさん文使いか。だれに頼まれたな」

「三文くれ」

　と結び文をふたたび小籐次の鼻先に突き出した。それを見た駿太郎が研ぎ代の入った竹筒から五文を数えて握り、

「二文ほど多く五文あるぞ、だれから頼まれました」

「さむらい」

とだけ娘が応じた。

「どのような侍だ。隣に座るそれがしの父よりも若いか、どうだな」

「じいちゃんじゃねえ、さむらい」

「うん、わが父は侍ではないか、ただの爺さんか。その侍が研ぎ屋の小籐次に文を渡したら三文もらえると言ったか」

「そうだよ」

駿太郎が差し出す五文をしっかりと摑み、結び文を小籐次の前掛けの膝の上に、ぽとんと落とした。

「そなた、長屋にひとりで戻られるか」

と案ずる駿太郎に、

「げんすけ橋の長屋にもどれる」

というと小走りで芝口橋へと姿を消した。

その間に小籐次が結び文を披《ひら》いて素早く読んだ。

「ほう、ようやく夢想谷兄弟から連絡《つなぎ》がきたわ。『今宵夜半九つ(午前零時)、芝口橋に参る』とあり、三兄弟のうち長兄の名だけが認めてあるわ」

「父上、夜中の九つですか。日中の人ごみを気にしたかな」

「町奉行所の出張りを気にとめたのではないか」

「ああ、それもあるな」

と駿太郎が同意を示すと、

「駿太郎、このこと、加古道場に知らせたほうがよかろうな」

という小籐次に、最前からの様子を窺っていた観右衛門が、

「あの者たちからの連絡に間違いございませんかな」

「観右衛門どの、夢想谷太郎兵衛の文字に覚えがある。まず間違いなかろう」

「父上、それがし、三十間堀の加古道場と読売屋の空蔵さんに知らせます」

「おお、こちらでは難波橋の秀次親分に知らせておこう。ついでだ、おりょうに今晩はかような仕儀にて戻れぬことを告げてくれぬか」

との小籐次の言葉に頷き、駿太郎が立ち上った。


夜四つ半（午後十一時）。

芝口橋の四隅に竹棹の先に吊るした大提灯が用意されていた。だが、火を点してあったのは北詰の一つだけだ。

もはや橋を往来する者はいなかった。

一方橋下の堀には南町奉行所の無灯火の屋根船が舫われて、定町廻り同心の近藤精兵衛や難波橋の秀次親分らが密やかに待機していた。また芝口橋の上流には苫屋根を設けた研ぎ舟蛙丸があって、赤目小籐次・駿太郎父子と加古道場の李兵衛と愛のふたり、さらには読売屋の空蔵も乗り込んで、夜半九つを待ち受けていた。むろんこちらも灯りなしだ。

「駿太郎さんよ、あいつら当然、こちらが町奉行所に知らせていることを推量しているよな」

と空蔵が潜み声で質した。

「そうでしょうね」

「あやつら、わが馬鹿息子が何百両も借り受けたと称する証文を携えておろう。町奉行所相手に証文を役立てぬか」

と李兵衛が加わった。

「だからさ、もう一枚、証文をつくったよな」

「あれが役立つかのう」

と李兵衛が首を傾げた。

「その折りは借り受けた当人、卜全正行をさ、連れてこいと居直るさ。そうなれば町奉行所もこちらに味方せざるをえまい」

「空蔵さんよ、わしは今更倅なんぞ会いたくないわ。これ以上の恥をこの界隈で晒したくないでな」

と李兵衛が言い、愛も首肯した。

「だからさ、こちらは酔いどれ小籐次の知恵にすがるしかあるまい。江戸から遠く離れた美作国におるおまえさんの倅が、いやさ、愛さんにとっては親父がどうやって江戸に戻ってくるよ」

と空蔵が小籐次を見た。

小籐次は問答を聞きながら、夢想谷三兄弟がなぜひと月半もの空白のあと、今宵九つに芝口橋に姿を見せるのか、そのことを気にしていた。

季節はすでに弥生を迎えていた。

生ぬるい風が苫屋根の隙間から蛙丸に入ってきた。

不意に三縁山増上寺の時鐘が九つを告げ始めた。

いつの間にか約定の刻限になっていた。

駿太郎が愛を見た。

「愛さん、よろしいか。三兄弟のなかで剣術の技量も確かで修羅場を潜った御仁は長男の太郎兵衛どのだ。それがしが太郎兵衛どのを倒すまでなんとしても次男を牽制してほしい。三男はそれがしに一度敗北しておるゆえ、それがしと戦い、恥辱を雪《そそ》ぎたい望みのはずだ。愛さんと刃を交えることは考えていまい」

と願った。

しばし返答を迷った愛が頷いた。

「わしもそなたらふたりに助勢をしよう」

と言い出したのは李兵衛だ。ここにきて三対二の勝負に不安を感じたのであろうか。

「いえ、それはなりませぬ。空蔵さんが読売にてわれらふたり、それがしと愛さんが夢想谷三兄弟と対決すると広言したのです。虚言を弄しては空蔵さんにもわれらふたりにも肩入れする江戸の人士はいなくなります。なにより李兵衛様には大事なお役目があります」

駿太郎がこんこんと説いた。

そのとき、芝口橋を照らしていた大提灯が消えた。そして、なにか橋の上に人の気配と物音がした。

「参りますぞ、愛さん」

白鉢巻に襷《たすき》がけの愛が小太刀を手に苫屋根の下から舳先に出た。むろん駿太郎も備前古一文字則宗刃渡二尺六寸を手に艫から石段下へと飛んでいた。

両人は石段を上る前にそれぞれ小太刀と豪刀を腰に差し落として落ち着けた。

ふたりはかすかな星明りの下、芝口橋北詰に出た。

常夜灯のほのかな灯りで芝口北紺屋町の角の芝口橋町会所の二階建てが見えた。東海道を挟んで紙問屋の久慈屋と向き合っている建物だ。

駿太郎は最前人の気配を感じたはずの、灯りが消えたままの橋に人影がないのを見てとった。後ろを振り返り、愛を確かめた。無言で愛が頷いたとき、久慈屋に近い芝口橋北詰の欄干下に横たえてあった竹棹の先の大提灯の灯りが点された。消えた蠟燭に火を点けたのは、だれよりも芝口橋の構造を承知の久慈屋の見習番頭の国三だ。そして大提灯を吊るした竹棹を立てた。

「国三さん、有り難う」

と駿太郎が礼を述べると国三がかたい笑みで応じて芝口橋町会所側の大提灯にも火を点した。

すると橋の真中に陸尺《ろくしゃく》の人影もない乗物がぽつんと置かれているのが見えた。

国三はその乗物を横目に橋を渡り、芝口橋南詰の両方の欄干の大提灯に火を点して次々と掲げた。

芝口橋が四つの大提灯の灯りに浮かんだ。そこに乗物だけが所在なげに置かれていた。

「加古李兵衛はおるや」

との大声が橋の南側に当る芝口一丁目付近の暗がりからいきなり響いて、陣笠を被った三人の武芸者が姿を見せた。

「これに」

との声が研ぎ舟蛙丸から応じて、李兵衛が橋の北詰に姿を見せた。

陣笠の夢想谷三兄弟は南詰に並んで佇んでいた。

夢想谷の長兄太郎兵衛が長さ十間余（十八メートル）のかつて芝口御門とも呼ばれた橋を北側へと歩を進め、反対に李兵衛が南に向かって歩き、橋の真中に置かれた乗物を挟んで対面した。

「加古李兵衛、借財元利合わせて四百十五両二分を持参して参ったか」

「さような大金、加古家には有らず」

「ならば三十間堀の東軍新当流道場の沽券持参したであろうな」

「わが道場の沽券を縁なき者に渡す曰くもまた有らず」

と李兵衛が淡々と告げた。

「ならば読売に書かれていたようにわれら三兄弟と、加古道場の跡継ぎ愛と助勢人赤目駿太郎との尋常勝負で加古道場の沽券を争うや」

「そのことは最後の最後にござろう。その前に」

「その前になにがある」

「そなたの所持する借財の書付、本物かどうか南町奉行所が吟味したいそうな」

「ふーん」

と鼻で嗤《わら》った太郎兵衛が、

「なにを以てわが手の書付が偽物と称するや」

太郎兵衛の詰問にしばし李兵衛は沈黙した。

「答えよ。おおかた、この橋の上の問答、南町奉行所の役人どもが聞いておろうが。加古李兵衛、なにゆえ借財の証文が偽物と決めつけるや」

「夢想谷太郎兵衛、借財とやらわれらが借りたわけではなし」

「いかにもさよう。そのほうの嫡子、加古卜全正行が借りた際にそれがしの前で書いた証文よ。東軍新当流剣術と同じく、読み書きもそのほうが卜全正行に教えたそうな。わが手の証文の手跡、そのほうが見れば一目瞭然であろう」

「あのような借用証文、少し読み書きが出来ればだれにも書けるわ」

「加古李兵衛、さような理屈で金子を払わぬとなれば、われらのほうから正式に江戸町奉行所に真偽を確かめるよう願い出てもよいぞ。そのほう、それでも三十間堀の吹けば飛ぶような道場にしがみつくや」

「夢想谷太郎兵衛、われら、あの道場が唯一の拠り所でな、なにがなんでも守りぬくわ。そのほうがその証文を加古卜全正行なる人物が認めたというなれば、その当人を江戸に連れて参れ」

と李兵衛が最後の抗いを見せた。

芝口橋を新たな沈黙が支配した。

「よかろう。加古李兵衛、そのほうが倅の卜全正行に直に確かめよ」

と太郎兵衛が両人の間に置かれた乗物の扉を開く気配を見せ、

「出よ、卜全正行」

と乗物のなかの人物に命じた。

(まさか)

という表情で李兵衛が乗物の反対側の扉を覗こうとした。

ひとりの武芸者が草履を乗物の外に自らおいて履き、ゆらりという感じで立ち上がった。

「まさか、ま、正行」

と言い掛けた李兵衛は、

「いやいや、こやつはわしの倅などではないわ。倅の名を騙り、愚行を犯して大金を借用、わが道場を乗っ取ろうとする所業など許せるものか。それがしが東軍新当流の業前で叩き斬ってくれん」

と腰の一剣の柄に手をかけた。

「相変わらず東軍新当流にすがっておるか。斬ってみよ、親父どの」

乗物をぐるりと回ってその人物が李兵衛の前に来た。

「おのれ、愚か者が」

と叫んだ李兵衛が刀を抜いた。が、父親としての迷いが生じていた。

そのわずかな迷いにつけ入った卜全正行も刀を抜き、李兵衛に斬りかかろうとした。

その瞬間、駿太郎の傍らにいた愛が走り出し、

「爺上、わが父を名乗るその者、私が、加古愛が成敗します」

と叫ぶや否やふたりより素早く小太刀を抜き、祖父に斬りかかる相手の胸をめ

がけて迅速極まる突きを見舞った。小太刀に理不尽への怒りが込められていた。

「なにっ」

と李兵衛と対峙する相手が漏らし手に構えた刀を向けたが、一瞬愛への対応が遅れた。深々と愛の小太刀の突きが決まって、

「あぁー」

と叫んだ相手の体が硬直した。

それでも間近で両人が顔を見合った。

「そ、そなたが、あ、愛か」

と問うと、愛が無言で顔を横に振り、

「違う」

と言いながらもどこかで迷っていた。

「あ、愛、愛じゃな」

と念押しする相手の体を支える格好の小太刀を愛が抜くと、ずるずると愛の足元に崩れ落ちた。

芝口橋を重苦しい沈黙が支配した。

「加古李兵衛、愛、そのほうら両人して倅を、父親を始末したとて証文の力は失

せはせぬ」

と夢想谷太郎兵衛が言い、

「そなたら、それでも武芸者ですか。わが父親と称する者に借用証文を書かせて加古道場を乗っ取ろうとする企み、許されません」

と愛が太郎兵衛に応じた。

予想外の展開に末弟の三左衛門が走り寄り、抜く手も見せずに愛に斬りかかろうとした。それを見た小籐次が破れ笠に差した竹トンボを抜くと素早く両手で捻り、飛ばした。

ブーン

と音を立てた竹トンボが三左衛門の顔面に襲いかかり、一瞬竦んだ。

「愛どの、今じゃ」

との小籐次の声に、はっと気づいた愛の小太刀が三左衛門の脇腹を深々と斬っていた。

四

「見事なり、愛」

との小籐次の言葉に長男の太郎兵衛が動こうとした。

「夢想谷太郎兵衛どの、末弟どのの弔い合戦ならば、相手はそれがしですぞ、この赤目駿太郎にござる」

と両者の間に割って入った駿太郎に、

「小癪《こしやく》な若造がなにをいう。次郎助左衛門、三左衛門の弔いじゃ。こやつらを叩き斬るぞ」

と弟に命じた。

「合点承知の助」

と次郎助左衛門が応じて抜刀した。

「そなたの相手はこの加古愛なり」

と愛が血に濡れた小太刀を次男に向けた。

「なんだと、女武芸者がそれがしの相手か」

次郎助左衛門が抜き放った刀を愛へと向けて構えた。

駿太郎は備前古一文字則宗を抜くと長男の太郎兵衛を見た。

次郎助左衛門は父親を突き刺した娘の非情に上気していた。

「弟よ、女とて油断するでない」

長男の太郎兵衛は弟に冷静になるように注意すると、悠然と駿太郎と向き合った。

四人は剣術家として生死をかけた戦いになると覚悟していた。

太郎兵衛は刃を正眼に置いた。

一方、駿太郎は伊予の狂う潮を思いつつ、脇構えに則宗を置き、無人の乗物の向こうがわで対峙する愛と次郎助左衛門を見た。

（力に差がある）

と思った。

だが、もはや助勢はできなかった。

小籐次と李兵衛は芝口橋の北詰に立ち、ふた組の生死をかけた対決を明々と点った大提灯の灯りで見ていた。

乗物を前に芝口橋の北側で加古愛と夢想谷次郎助左衛門の両人が睨み合ってい

た。小籐次の立つ橋側だ。

一方、乗物を挟んだ南側には悠然と構えた長男の太郎兵衛と駿太郎のふたりがいた。

小籐次は、こちらの戦いは寸毫の間で終わるか、あるいは睨み合いが永久と思えるほど続くかのどちらかだと思った。ともあれ愛と次郎助左衛門の決着がついてからだと確信した。

不意に戦いを宣告したのは次郎助左衛門だ。

「小娘、東軍新当流を見てみようか。それがしは弟とは違う、覚悟して参れ」

次郎助左衛門が、ちらりと小籐次の動きを牽制するように見て、言い放った。

その瞬間、小籐次が動いた。

破れ笠に残った一本の竹トンボを摑むと右手の親指と人差指に挟み、くるりと捻るとそれは、

ふわり

と小籐次の足元に浮いた。

斜めに傾いた竹トンボは橋の床すれすれを伝って、ゆっくり愛と次郎助左衛門の両者が対決する方角に進んでいく。

「愛、相手から目を離すな」

　小籐次が呟き、竹トンボは次郎助左衛門の足元へ寄っていった。

「おのれ、爺め、小細工をしおって」

　と叫んだ次男が愛との間合いを確かめ、手に構えていた刀で接近する竹トンボを掬《すく》いあげるように切って捨てようとした。

　その瞬間、斜めに傾いだ竹トンボが上空へとまっすぐに舞い上がっていった。

「うっ、なんだ」

　と思わず刃の動きを確かめるように眼前を上昇する竹トンボに次郎助左衛門が目をやった。

　竹トンボがさらに高く上昇していく。

　その動きに次郎助左衛門は思わず見とれていた。そして上昇した竹トンボは必ずや落ちてくると思った。その直後、竹トンボが橋を照らす大提灯とほぼ同じ高さに上がり、ぴたりと止まった。

「おおっ」

　と次郎助左衛門がその意を悟り、視線を愛に戻し、刀の柄を摑み直した。

　同時に愛が動いた。

ひたすら対戦者に預けていた視線を逸らさずに間合いを一気に詰め、三男坊を斃した小太刀を新たに揮った。

一方、次郎助左衛門も刃渡二尺三寸二分の刀を突き出し、女武芸者の体に、

（とどいた）

と確信した。

数多の修羅場を潜ってきた刃が愛に襲い掛かった。

寸毫速く小太刀の切っ先が相手を捉えた。その瞬間、愛は無心に小太刀を薙いでいた。

経験よりも無心が勝った。

「ううーっ」

呻き声といっしょに相手の血しぶきが愛の顔に飛んできた。

小太刀に首筋を撥ね斬られた次郎助左衛門が驚きと不安を滲ませた両眼を愛に向けた。

「な、なんてことだ」

と漏らした対戦者の視線の先に竹トンボが、
ゆらり

と落ちてきて橋の床板に転がった。その上に夢想谷次郎助左衛門の体が崩れ落ちていった。

「見事なり、加古愛」

との小籐次の声がした。

（なんということが）

太郎兵衛は弟の敗北を確かめると駿太郎に注意を戻した。

駿太郎もまた愛の戦いを見ていたか、太郎兵衛に改めて向き直った。

両人ともに死でしか勝負が決着しないことを承知していた。

「夢想谷太郎兵衛どの、伊予の狂う潮が授けてくれた技にてお相手致す」

と駿太郎が告げると、

「われに秘芸などなし。そのほうの太刀筋拝見しようか」

と数多の戦いを経験してきたはずの剣術家が答えた。

駿太郎が先手をとり、太郎兵衛が後手を選ぶと抜き身を鞘に戻した。

駿太郎がいつもの戦いとは異なり、先の先を選んだことに小籐次は驚いた。

相手は百戦練磨の太郎兵衛だ。

真剣勝負は、時によりその場の気が戦い方を決めることを小籐次とて承知していた。

十九歳の若者の先手か老練極まる武芸者の後手が勝るか。

「夢想谷太郎兵衛どの、そなた様と生死を分かつ真剣勝負に臨めること感謝申し上げる。それがし、父より教わった来島水軍流の『序の舞』を披露致す」

駿太郎は太郎兵衛を正視しながら、来島水軍流正剣一手「序の舞」を演じ始めた。

太郎兵衛は、生死のかかる戦いを前に若武者が伸びやかにして悠然たる「序の舞」を演ずる動きに驚きを禁じ得なかった。そして、「序の舞」を演じ終わった折りに、真の戦いが始まることを己に言い聞かせた。

永遠なる時の流れを感じさせる舞が終わり、駿太郎が静止した。

「太郎兵衛どの、柳生新陰流、拝見致す」

と駿太郎が求め、こちらも備前古一文字則宗を鞘に戻した。

両者の刀は鞘にあった。

「小賢しや、赤目駿太郎。柳生新陰流、技に頼らず。心魂にて立ち向かう」

と告げた太郎兵衛の腰がわずかに沈み、馴染んだ刀の柄に右手がかかった。が、左手は未だぶらりと下げたままだ。

小籐次は互いが刹那の戦いを選んだと知った。

（どちらが仕掛けるか）

と小籐次が考えた時、両者が同時に、低い姿勢で踏み込み、剣を抜き放った。

互いの刃が届いたことを小籐次は直感した。

背丈五尺足らずの小籐次には橋の真中に置かれた乗物のせいで刀の動きが見えなかった。乗物の上にふたりの顔だけが見えた。

静止したまま睨み合っていたが、太郎兵衛が、

「無念なり、夢想谷三兄弟、加古愛と赤目駿太郎の二人《ににん》に敗れしか」

と漏らすと乗物の陰に消えていった。


天保三年の月日がゆるゆると進んでいく。

夏が到来し、秋を迎えた。

文月も下旬、須崎村から燕の姿が消えて法師蟬が鳴き始めた。

望外川荘の昼前、おりょうの傍らで片桐麗衣子が発句を思案していた。十五歳の麗衣子は駿太郎に願われて三十一文字をおりょうから習っていた。

「駿太郎、そなたや亭主どのより麗衣子姫のほうが大らかな想《そう》で才があります

よ」

と聞かされていた。

駿太郎は野天の道場で木刀を揮いながら、

「三十一文字より剣術の稽古が楽しいわ」

と稽古の最後に為す素振りをしていると船着場に船が到来した気配がした。

駿太郎の稽古を見ていたクロスケとシロが紅葉の大木の間と竹林を抜けて船着場に向かう小道にすっ飛んでいった。二匹の犬が知り合いであることを告げて、嬉しそうな吠え声で迎えていた。

来客はこのひと月以上姿を見せなかったおしんと中田新八だった。

「多忙でしたか、おしんさん、新八どの」

との駿太郎の問いに、

「野暮用というべきか、そこそこに追いまくられておりました」

「でも、どなたかに聞かせると大喜びするんじゃない」

「そうかのう」

と老中青山忠裕の密偵のふたりが言い合った。

「わが身内と関わりがある話ですか」

「いえ、赤目家ではございません」

とおしんは答えると、新八とともに縁側で歌作を為すおりょうと麗衣子のもとへと挨拶に向かった。駿太郎も稽古を止めて縁側に行った。そこへ座敷の奥から小籐次が、庭伝いに子次郎が姿を見せた。

「おや、当人が参ったぞ」

と新八が子次郎を見て言った。

「あれ、子次郎さんの喜ぶ話があるのですか」

駿太郎が密偵ふたりに質すと、

「当人は喜ぶかどうかわかりませんよ」

と新八が応じた。

「おかしいな、そんな妙な話ですか。おしんさん、新八どの、ご当人の前で説明してください」

と願った。ふたりが顔を見合わせ、新八がおしんに説明を譲るように仕草で催促した。

頷いたおしんが縁側に腰を下ろし、子次郎が、

「おれの話だって。いい話なんかじゃなかろうな」

とこちらも複雑な顔で呟くように言った。

小籐次は話の内容を承知なのか無言だった。

「そうね、いい話かどうかは当人が決めるしかないわね。説明するわ。だけど、この話、後々読売などには載らないと思うわ」

とおしんが話し始めた。

駿太郎も子次郎も新八も沓脱ぎの伊豆石や切株に腰を下ろしておしんの話を聞くことにした。すると、小籐次が、

「おりょう、麗衣子姫が聞く話ではなかろう。わが屋敷には歌作にくることで片桐家の殿様に許されておるのだ」

「おお、さようでした」

とおりょうが応じて、

「姫、本日の歌作は終わり、台所で甘いものでも食しましょうか」

と麗衣子を縁側から連れ出した。

二人が座を外すとおしんが、

「子次郎さんがもはや察しているように鼠小僧次郎吉に関わる話よ。このところだれぞの真似をして鼠小僧次郎吉と称する泥棒が江戸で何人も出没しているのは、

当然ご存じよね」

と子次郎に質した。すると子次郎が無言で首肯した。

「この数月、南北両奉行所を始めとして火付盗賊改など大勢の役人衆が、この鼠小僧次郎吉たちの捕縛に力を注いでいたの。なんと先月までに六人の鼠小僧次郎吉が捕まったと思って」

とのおしんの言葉にだれもなにも言わなかった。

それはそうだろう、本物の鼠小僧次郎吉は、何年も前から盗人稼業を止めて須崎村の望外川荘で子次郎という本名で男衆をしているのをこの場にいるだれもが承知していた。

「捕まった鼠小僧たちを調べるうちに、真の悪党である鼠小僧次郎吉が判明したの」

「はあっ、おれが捕まったってか」

「おれじゃない、鼠小僧こと無宿の鼠小僧次郎吉がわかったというの。この五月のことよ。浜町の松平宮内少輔《くないのしょう》様のお屋敷に忍び込んだ折り、下女を手籠めにしようとしたところを家来衆に捕まったの。この者を手厳しく極秘に吟味方が取り調べると、これまでに江戸府内の老舗大店に入り込み、千両を超える金子を奪い、武家屋敷では女中衆に悪さをしていたの。武家方には金子はないけど、行儀見習いの若い娘たちがいるわ、手籠めにしても武家屋敷では、役人に訴えることなく、泣き寝入りすることを承知していたのね。こいつこそが、近頃の江戸で悪行を重ねていた〝鼠小僧〟だったの」

「くそったれが」

と子次郎が吐き捨てた。

その様子をちらりと見たおしんが、

「かようなご時世よ、大店に忍び込んで商いに差支えない程度の金子を持ち出し、食うに困る裏長屋の貧乏所帯にそれを投げ込むのも、どうかと思うけど、無宿者のこやつだけはなんとも許せないと吟味方の全員が判断なされたのよ」

おしんの話が厄介で微妙な話とこの場の皆が承知していた。

「その者、どうなるのかな」

と駿太郎が聞いた。

「駿太郎さん、他の五人、盗みはしたけど大した悪さはしていなかった。ためにひとりは江戸払い、他の四人は遠島になったわ」

とおしんは捕まった自称鼠小僧次郎吉の六人のうち、五人の処置を告げた。

「さて、駿太郎さんの問いね」

と一拍置いた。

子次郎は庭先を見て、沈黙したままだ。

「私がここで話したことは読売にも載らないし公になることはないと思って。残る一人、真の悪党の無宿鼠小僧次郎吉は来月十九日に市中引廻しののち、小塚原刑場に、本名知れずとしてさらし首にされるわ」

と言い切った。

その場を重い沈黙が支配した。

「そうか、鼠小僧次郎吉は死刑になるか」

と駿太郎が呟いた。

「おしんさん、新八どの、そなたら、老中青山様からこの話を聞かされたか」

と小籐次が糺した。

「いかにもさようです」

「この一件、公儀も合意したということだな」

新八が頷いた。

「相分ったな、子次郎」

と小籐次が念押しした。

「酔いどれ様、どういうことで」

と子次郎が居直るように応じた。

「そなたがなにを考えておるか知らぬ。だがな、世の中には得心できぬこともままある。そなたが不満に思うことを口にしてみよ、幕閣の面々の立場はなくなり、切腹やお家取り潰しの者が出るやもしれぬ。よいか、評定所が談義して鼠小僧次郎吉の始末が決まったのだ。そやつ、そなたが最前吐き捨てたようにさらし首にされても足りぬほどの下劣な悪党だぞ。それとも子次郎、世間にいい顔を見せたいか」

と説いた小籐次の言葉に子次郎はなにもいえなかった。

「われら、そのほうが元祖の鼠小僧次郎吉と承知で望外川荘に住まわせ、身内の扱いをなしてきた。われらの立場はどうなるや」

「まさか」

「おお、まさかの話だ」

子次郎は混乱する頭のなかで長いこと考えていたが、

「酔いどれ様、ご一統、おりゃ、愚か者だったたな。須崎村の望外川荘の男衆子次郎ってことをころりと忘れていたわ」

と吐き出した。

「おお、それでいい」

と小籐次が返事をして、

「そなたが向後どう生きるか、そちらのほうが大事なことよ」

「へえ」

とだけ子次郎が返答をした。

八月十九日、子次郎の姿は小塚原刑場にあった。

仲秋の陽射しのなかで、獄門に処された無宿者の首にいつまでも手を合わせていた。

あとがき　三百冊『恋か隠居か』刊行の弁と言い訳

二十五年の間に文庫書下ろしというスタイルでひたすら時代小説を書き続けてきた。その数がなんと三百冊に達した。道楽や趣味がない不器用な小説家の唯一の「偉業(?)」だ。なにがそうさせたか、まあ体力ゆえだろう。この二十五年間に大きな病といえば前立腺ガンを患ったことくらいで手術をうけたあと、回復早々に執筆に戻っていた。よくまあ、とわれながら呆れる。

かくて三百冊目、「新・酔いどれ小籐次」二十六巻『恋か隠居か』の校正を終え、こうしてあとがきを認めている。

私が体調を維持できたのは唯一の「贅沢」のおかげだろう。わが家には温泉があり、朝の小一時間の散歩のあと、温泉に浸かって疲れを癒し、三十分弱、自己流の筋トレを湯船で行う。八角形の石造りの浴槽は大人三、四人がいっしょに浸かれるほど大きい。私独りならば背泳ぎ風のバタ足が出来る。バタ足を行っていると頭上に空が広がり、庭越しに海が見え、庭木の群れが私の「贅沢」を見守っている。広くて高い風呂場の出窓のすぐ傍らにあるのがアメリカハナミズキだ。出窓を開けて風を入れているせいで、風に乗って紅葉あるいは黄葉した木々の葉っぱがバタ足をなす私の周りに落ちてくる。湯船に鮮やかに紅葉したハナミズキの葉っぱが浮いていて、八十一歳まで「生きていてよかった」とつくづく思う。私にはもはや「恋」はなかろう。齢からいえばすでに立派な「隠居」だ。

時代小説を書くきっかけはこれまでしばしば認めてきた。最初、ノンフィクションに始まり、現代もののミステリーや冒険小説など読み物を主に書いていたが、どれもが売れ行き悪く、見事な初版作家だった。景気がよかった時節の出版界ゆえ売れない作家を十年以上も生き残らせてくれたのだろう。

一九九八年のことだ。ただひとつ付き合いのあった出版社の編集者二人に新宿の喫茶店に呼び出され、「佐伯さん、うちでは出版はもはや無理だ」と宣告された。「明日からどうしよう」と呆然自失している私に編集部長が、「佐伯さんに残されたのは官能小説か時代ものかネ」と宣った。むろん注文ではない。

だが、私はこの言葉に縋るしかなかった。官能ものは書けないが時代小説ならば書けるはずと思い込みで初めての時代小説に挑戦した。子どものころから時代劇映画を無料で（家業の新聞販売店では新聞にチラシをただで挟み込むかわりに映画館から観覧パスが貸与された）毎週観たり、貸本屋で山手樹一郎を筆頭に大衆作家の読み物を借りたりして読んでいた。なんとも信頼のおけない思い込みだ。

ともあれ書き上げた原稿をどこか出版してくれるところはないかと、フリーランス編集者の某に相談したところ、「ううーん」と唸ったあと、神田神保町の名も知れぬふたつの出版社を紹介してくれた。そこで最初に書き上げた原稿『悲愁の剣』を一社に、もう一社に『密命』を預けた。が、結果が出る前に一社は倒産し、もう一社は文庫にはなったが全く売れなかったせいで印税は支払ってもらえなかった。ふたたび某に相談したところ、現代もので馴染みがあった出版社が原稿をなんとか預かってくれるという。『密命』のほうだ。この出版社にダメ元で前借りを願うと、なんと前借りを許してくれた。九〇年代、まだ出版社にも余力があったのかなあ。ともあれ、前借りを認めたせいで文庫にせざるを得なかったのはS社だ。発売後、十日もしたころ、編集者氏が、

「あのさ、『密命』に重版がかかったんだ。次を書きなよ」

と作者が夢想もしなかった連絡をくれた。

「悪い冗談だよ」

「おれも信じられないんだ」

物書き暮らし二十年余り、初めての増刷の知らせだった。

この年に文庫書下ろし時代小説というスタイルで三冊出版し、どれもが増刷がかかった。これが三百冊出版への起点となった。

二〇〇〇年六冊、二〇〇一年十冊、二〇〇二年十四冊、二〇〇三年十三冊、二〇〇四年十四冊、二〇〇五年十七冊、二〇〇六年十六冊……ついに二〇二四年正月発売の『恋か隠居か』で総計三百冊に達する。この際、乱作小説の質は問うまい。三百冊の原動力は筆者の健康とワープロの進化だろう。原稿用紙に万年筆とか鉛筆でこれほど書けるわけもない。

さてさて読者諸氏には混乱の極みであろう。「新・酔いどれ小籐次」は、二十五巻『御留山』で完結しているではないかという指摘を、いやお叱りを受けそうだ。筆者にとって赤目駿太郎は孫のような存在だ。この孫を十代半ばで放り出していいのか。やはり、駿太郎の剣術家としての成長と、そして淡い恋を爺様は書きたくなったのだ。もうしばらくお付き合い下さい。

三百冊目にあたる「新・酔いどれ小籐次」二十六巻『恋か隠居か』では、十八歳の赤目駿太郎は、身の丈六尺五寸余、一人前の、いやいや、来島水軍流を会得したうえ自ら考案した「刹那の剣一ノ太刀」の秘芸をもつ立派な剣術家に育っている。一方、小籐次は還暦を過ぎて五尺足らずの小さな体に萎んでいる。

そんな親子がお城近くの三十間堀そばに小さな東軍新当流道場を運営する老剣客加古李兵衛正高と跡継ぎの孫娘の愛と知り合いになる。

町人衆ら十人余りを門弟にし、母屋と道場を兼ねた敷地の一角には野菜畑があって、鶏が餌を啄んでいる。なんとも慎ましやかな道場であり、長閑な加古家の暮らしだ。

凜々しくも幼い顔立ちを残した愛に赤目駿太郎は自ら望んで弟子入りした。お城の白書院で十一代将軍徳川家斉公らに来島水軍流を披露して備前古一文字則宗を下賜された若武者が娘武者の愛の門弟とは。いかなる物語が展開するか。「隠居」の筆者はひたすら楽しみながら、『恋か隠居か』を執筆した。

毎日、嫌なニュースが各メディアに繰り返し報道されるご時世、気楽に楽しんで頂ければ幸甚です。

二〇二三年十月吉日

熱海にて

佐伯泰英

この作品は文春文庫のために書き下ろされたものです。

文春文庫

恋《こい》か隠《いん》居《きょ》か

新《しん》・酔《よ》いどれ小籐次《ことうじ》（二十六）

定価はカバーに表示してあります

2024年1月10日　第1刷

著　者　佐《さ》伯《えき》泰《やす》英《ひで》
発行者　大沼貴之
発行所　株式会社　文藝春秋

東京都千代田区紀尾井町 3-23　〒102-8008
TEL　03・3265・1211㈹
文藝春秋ホームページ　http://www.bunshun.co.jp

落丁、乱丁本は、お手数ですが小社製作部宛お送り下さい。送料小社負担でお取替致します。

印刷製本・TOPPAN

Printed in Japan
ISBN978-4-16-792152-1

文春文庫　最新刊

恋か隠居か 新・酔いどれ小籐次（二十六）　佐伯泰英
書き下ろし三百冊記念！ 小籐次親子や空蔵が人々を救う

奔流の海　伊岡瞬
二十年前の豪雨と謎の大学生。隠された驚愕の真実とは

流人船 新・秋山久蔵御用控（十八）　藤井邦夫
永代橋に佇む女の胸にたぎる想いは…傑作揃いの四篇！

江戸に花咲く 時代小説アンソロジー　宮部みゆき 諸田玲子 西條奈加 高瀬乃一 三本雅彦
「江戸の華」祭りをテーマに人気時代小説作家が競作！

耳袋秘帖 **南町奉行と死神幇間**　風野真知雄
野だいこのぽん助と遊んだ客はなぜか非業の死を遂げるというが…

花束は毒　織守きょうや
憧れの兄貴分の隠された一面に踏み込む戦慄ミステリー

浄土双六　奥山景布子
荒廃する室町時代を舞台に、男と女の欲と情念を描く

ユリイカの宝箱 アートの島と秘密の鍵　一色さゆり
不思議な招待状が誘うアートと旅をめぐる連作短編集！

もう誘拐なんてしない〈新装版〉　東川篤哉
犯人がアナログ過ぎる!? ドタバタ狂言誘拐の行方は…

雨滴は続く　西村賢太
芥川賞受賞〝前夜〟の知られざる姿を描いた最後の長篇

日本のこころ　平岩弓枝
作家としての原点、人生の折々を振り返る最晩年エッセイ

物語をおいしく読み解く **フード理論とステレオタイプ50**　福田里香
人気菓子研究家の原点！ 物語の食べ物の表現を徹底解剖

精選女性随筆集 武田百合子　川上弘美選
夫・武田泰淳との日々のこと…独自の視点が光る名随筆集

アウトサイダー 上下　スティーヴン・キング 白石朗訳
不可解な惨殺事件の裏に潜む圧倒的「恐怖」の正体とは